www.tredition.de

AF185391

Elsbeth Wiederkehr

PIK KÖNIG

Kriminalroman

www.tredition.de

© 2019 Elsbeth Wiederkehr
© 2019 Abbildungen Elsbeth Wiederkehr

Technische Umschlaggestaltung Venla Kevic

Verlag und Druck: tredition GmbH, Hamburg

ISBN
Paperback: 978-3-7469-3739-7
Hardcover: 978-3-7469-3740-3
e-Book: 978-3-7469-3741-0

Personenverzeichnis

Linda	Bridgespielerin aus München
Alex	Bridgespieler aus München
Manfred	Bridgespieler aus Frankfurt

Die drei waren zusammen auf einer früheren Bridgereise im Hunsrück (Elsbeth Wiederkehr, Bridgereise, tradition 2017)

Friedrich	Reiseleiter der Nauheimer Bridgeschule
Adelina	Ehefrau von Guglielmo und Mitglied im Bridgeclub Cesare Borgia
Guglielmo	Ehemann von Adelina und Mitglied im Bridgeclub Cesare Borgia
Amadeo	Präsident im Bridgeclub Cesare Borgia
Domenico	Spielleiter im Bridgeclub Cesare Borgia
Marlena	Ärztin und Mitglied im Bridgeclub Cesare Borgia
Hortensia	Mutter von Guglielmo
Dolores	Dienstmädchen von Hortensia

Persephone, Cleopatra und Cappuccino, die Katzen von Adelina

Giovanni (Gian) Lorenzo Bernini, Baumeister, Bildhauer und Maler in Rom 1598 – 1680

I.

Nauheimer Bridgereisen
Exklusive Bridgereise nach Rom

Ewige Stadt am Tiber mit berühmten Kunstdenkmälern aus Antike, Renaissance und Barock. Aufenthalt im Herzen von Rom im eleganten Hotel Imperial unterhalb der Spanischen Treppe mit Roof Garden und Aussicht auf die Dächer der Stadt. Turniere im legendären römischen Bridgeclub Cesare Borgia. Opernaufführung in den Caracalla-Thermen.

„Alex, da fahren wir hin." Linda legte das Bridge Magazin des Deutschen Bridgeverbands vor Alex auf den Tisch und schaute ihn erwartungsvoll an.

Alex runzelte die Stirn und studierte aufmerksam die Anzeige der Nauheimer Bridgereisen. Er hatte vor einigen Jahren mit Bridge begonnen, auf Drängen von Linda, seiner langjährigen Kollegin aus Studienzeiten. Seit sie geschieden war, schleppte sie ihn immer wieder einmal auf eine Bridgereise. Das letzte Mal verbrachten sie aufregende Tage in einer einsamen Gegend im Hunsrück in Deutschland[1]. Es war kalter November und in dem skurrilen Haus, wo sie damals logierten, wurde eine Bridgespielerin vergiftet. Und dies blieb nicht der einzige Mord. Auch der Hoteldirektor eines renommierten Hotels in der Nähe verstarb auf unerklärliche Weise. Alex war daher skeptisch, ausserdem fasste er nur ungern schnelle Entscheidungen.

„Im Juli nach Rom? Ist das nicht zu heiss?", fragte er und strich sich mit der Hand behutsam über seine Glatze.

„Im Winter gibt es keine Opern in den Caracalla-Thermen. Das muss traumhaft sein! Und man spielt in einem römischen Bridgeclub, das ist doch einmalig." Ungeduldig wippte Linda mit ihrem linken Fuss.

„Nun ja, das klingt ganz gut. Das Hotel befindet sich bei der Spanischen Treppe. Ist das nicht der Ort, wo sich jener mysteriöse Palazzo Zucchari befindet mit dem furchterregenden Eingangsportal, welches der Baumeister des Gasthauses im Hunsrück kopiert hat?"

„Die Fratze mit dem riesigen Maul, die jeden Eintretenden verschlingt! Genau, aber diesmal in Rom im

---

[1] Elsbeth Wiederkehr, Bridgereise, Kriminalroman, tredition 2017.

Sommer, nicht im nasskalten November in Deutschland, wie letztes Mal. Ausserdem wohnen wir in einem Luxushotel und nicht wieder in einer Imitation jenes Palastes."

Eingangstür Palazzo Zucchari in Rom

„Hoffentlich diesmal ohne Morde und Überschwemmung!" In Alex' Erinnerung tauchte der ebenerdige Bridgeraum auf, welchen ein gigantisches Unwetter in einer einzigen Nacht in einen See verwandelt hatte, wo Bridgekarten und Stühle vor sich hin dümpelten.

„Wenn du nicht wieder in fremden Kellern herumschnüffelst, wird gar nichts geschehen! Und von Eskapaden mit einsamen Frauen solltest du diesmal auch absehen!", scherzte Linda. „Bist du eigentlich noch mit deiner Freundin zusammen?"

Alex zuckte mit den Schultern, was ja oder nein bedeuten konnte.

„Ich könnte in Rom mein Italienisch auffrischen", fuhr Linda fort. „Vor zwei Jahren besuchte ich einen Italienischkurs in Perugia, aber seither habe ich nicht mehr viel gemacht."

Alex nickte. Sein Italienisch war ganz passabel. Sein Familienunternehmen, die Silver Group, welche in der Werkzeugbranche tätig war und auf jedem Kontinent mehrere Tochtergesellschaften unterhielt, hatte auch eine Zweigniederlassung in Italien. Daher musste er auch dort mit den verschiedenen Managern verhandeln und Sprachen waren für ihn ein Muss. Auch seine Söhne sprachen mehrere Fremdsprachen und er war stolz darauf.

„Wie es wohl Manfred Pohl geht, dem Freund von Radka, welche damals auf unserer Bridgereise im Hunsrück ermordet worden ist?", fragte Linda nachdenklich.

„Ich habe ab und zu Mailkontakt mit Manfred. Er ist einsam ohne Radka, aber er schlägt sich durch und spielt noch immer im Center Bridgeclub in Frankfurt. Er war auch wiedermal auf einer Bridgereise, aber natürlich allein."

„Wir könnten ihn fragen, ob er auch mitkommt nach Rom. Vielleicht würde er sich freuen?"

Alex überlegte. „Das ist keine schlechte Idee, ich werde ihn gelegentlich anrufen."

„Mach das, aber warte nicht zu lange damit."

II.

Fünf Wochen später flogen Linda und Alex von München und Manfred von Frankfurt nach Rom. Ihre Flugzeuge landeten fast gleichzeitig am Flughafen Fiumicino und so fuhren sie gemeinsam in einem Taxi in die Stadt hinein. Sie hatten sich seit der letzten Bridgereise nicht mehr gesehen und Manfred war vom Wiedersehen begeistert. Er erkundigte sich bei Linda, wie es in der Kunstgalerie lief, in welcher sie wieder arbeitete, seit die Kinder erwachsen geworden waren. Linda war Kunsthistorikerin und Manfred hatte vor seiner Pensionierung in einer Kunstversicherung gearbeitet, daher hatten die beiden viele gemeinsame Themen.

Das Hotel Imperial empfing die drei Bridgespieler mitten in der Altstadt in der Nähe der berühmten Via Condotti und der Spanischen Treppe. Eine elegante Eingangshalle mit riesigen Wandspiegeln und Ölbildern unterstrich die vornehme Atmosphäre des Hotels. Weisse Orchideen verströmten einen betörenden Duft in der klimatisierten Lobby. Alex nannte an der Rezeption ihre Namen und nahm die drei Zimmerschlüssel in Empfang. Livrierte Pagen halfen ihnen mit dem Gepäck und begleiteten sie zu ihren Räumen. Auch die Zimmer waren luxuriös eingerichtet mit Himmelbett, kleinem Schreibtisch und Marmorbad.

Am Nachmittag hiess die Nauheimer Bridgeschule ihre Gäste mit einem Aperitif im sogenannten Roof Garden willkommen. Der Dachgarten mit Restaurant und Bar bot einen traumhaften Rundblick über die Dächer der ewigen Stadt. Friedrich, der Bridgelehrer und Reiseleiter, ein hochgewachsener, schwarzhaariger Deutscher mit italienischen Wurzeln, begrüsste die Teilnehmer der Bridgereise. Seine blauen Augen verschwanden beinahe hinter den dicken Brillengläsern und seine Hosen reichten an den langen Beinen nur bis zu den Knöcheln. Trotz seiner markigen Stimme hatte er etwas von einem unbeholfenen Schuljungen an sich und mit seiner schlaksigen Art eroberte er sogleich die Herzen von den älteren Bridgedamen. Es war eine kleine Gruppe von neun Personen, alle aus Deutschland und alle liebten das sonnige Italien. Auf einem Tisch standen Gläser mit Weisswein und Orangensaft. Friedrich stellte sich den Gästen vor, er hatte ursprünglich Mathematik studiert, arbeitete aber seit etlichen Jahren als Bridgelehrer für die Nauheimer Bridgeschule und er freute sich über die Bridgereise nach Rom, welche nun bereits zum dritten Mal stattfand. Seine Grosseltern mütterlicherseits stammten aus Palermo und waren lange vor seiner Geburt auf der Suche nach Arbeit nach Deutschland ausgewandert. Auch die Gäste nannten ihre Namen und sagten ein paar Worte über sich. Neben Linda, Alex und Manfred nahmen drei deutsche Ehepaare teil, zwei Ehepaare waren befreundet und kamen aus Hannover, das dritte Ehepaar wohnte in Köln.

Die Aussicht vom Dachgarten war phantastisch. Auf der einen Seite erkannte man in der Ferne den Petersdom, dessen Kuppel majestätisch über dem Gewirr von roten Ziegeldächern schwebte. Auf der anderen Seite reckte sich wie ein überdimensionaler Marmoraltar das Nationalmonument für Viktor Emanuel in die Höhe, der nicht nur die österreichische Streitmacht in der Lombardei besiegte, sondern auch zusammen mit Garibaldi die päpstliche Armee bezwungen und 1861 das Königreich Italien gegründet hat. Die kolossale, 50 Tonnen schwere Reiterstatue des Königs konnte man zwar nicht erkennen, dafür die beiden bronzenen Quadrigen mit den geflügelten Siegesgöttinnen, welche zuoberst auf dem bombastischen Gebilde thronen.

Quadrigen auf dem Denkmal für König Viktor Emanuel II.

Etwas verspätet erschien Adelina in einem figurbetonten, orangeroten Sommerkleid, schwarzen Sandaletten und einem schwarzen Strohhut, geschmückt mit einer künstlichen Anemone. Sie kümmerte sich im Bridgeclub Cesare Borgia um die gesellschaftlichen Anlässe und tat dies mit Leib und Seele. Sie umarmte Friedrich überschwänglich und wandte sich dann in perfektem Deutsch an die Bridgegruppe:

„Sehr verehrte Gäste aus Deutschland, ich heisse Sie aufs herzlichste willkommen in der Stadt Rom. Mein Name ist Adelina, mein Grossvater nannte mich Adelheid, er stammte aus Hildesheim. Nachdem er meine Grossmutter erblickt hatte, Gott habe sie selig, konnte er sich weder von ihr noch von Italien jemals mehr trennen."

Adelina begrüsste jeden Gast einzeln in ihrer charmanten Art und gab Informationen zum Bridgeclub Cesare Borgia und zu den Anlässen, welche Friedrich und sie für die Gruppe vorbereitet hatten. Manfred war entzückt von ihr und auch Alex musterte die hübsche Frau unauffällig von der Seite. Linda unterhielt sich längere Zeit mit dem Ehepaar aus Köln. Die beiden gingen gegen die achtzig und waren immer noch sehr rüstig. Der Mann hatte als Auslandskorrespondent für eine renommierte deutsche Zeitung gearbeitet, daher hatten die beiden viele Jahre in verschiedenen Ländern gelebt. Bridge war für sie ein *Altershobby*, wie sie es nannten, und sie verbrachten jedes Jahr mehrere Wochen auf Bridgereisen. Die beiden Ehepaare aus Hannover, Ehepaar Voigt und Ehepaar Krüger, waren etwas jünger. Beide Ehefrauen hatten blond gefärbte Haare, trugen elegante Leinenkostüme und schicke Ray-Ban-Sonnenbrillen. Die Ehemänner, ein Staatsanwalt und ein Richter, hatten zusammen studiert und erst nach der Pensionierung mit Bridge begonnen. Daher spielten ihre Frauen wesentlich besser als sie, wie sie Alex lachend erzählten.

Nach einer Stunde erinnerte Friedrich die plaudernde Gesellschaft daran, dass man heute noch Bridge spielen wolle und sich langsam auf den Weg zum Club Cesare Borgia machen müsse. Er betonte, dass es sich um den elegantesten Bridgeclub in Rom handle und dass es ein riesiger Glücksfall sei, dass sie als Gäste dort empfangen würden. Der Club war vom Hotel Imperial zu Fuss erreichbar und lag direkt hinter der Kirche Sant'Andrea delle Fratte, einer alten, eher unscheinbaren Kirche im Zentrum von Rom. Nachdem alle die eiserne Wendeltreppe glücklich überwunden hatten, welche vom Dachgarten zum obersten Stockwerk des Hotels hinunterführte – Herr Voigt aus Hannover hatte zwei künstliche Knie –, fuhren sie im Fahrstuhl in die Hotelhalle hinunter und begaben sich unter der kundigen Leitung von Adelina auf einen Spaziergang zum Club. Sobald sie aus der Hotelhalle heraustraten, setzte sich Alex eine dunkelblaue Baseballmütze auf den Kopf. Die Sonne stand noch immer recht hoch am Himmel und die Einstrahlung war stark. Linda verzog missbilligend den Mund.

„Schau nicht so skeptisch", sagte Alex, „ich habe mir einmal die Glatze verbrannt, ein zweites Mal will ich dies nicht erleben. Es war sehr schmerzhaft."

„Du siehst aus wie ein amerikanischer Tourist. Du könntest dir einmal einen eleganteren Hut kaufen."

Alex nickte nachsichtig und ging ein paar Schritte voraus. Manchmal ärgerte er sich über die Kommentare von Linda, zum Glück war er nicht mit ihr verheiratet. Seine Ehefrau, mit der er zwar nicht mehr zusammenlebte, aber noch immer verheiratet war, hatte ihn auch ständig kritisiert. Einmal war die Krawatte zu bunt, dann das Hemd wieder zu einfarbig. Entweder war er zu oft auf Geschäftsreise oder zu oft zu Hause. Er konnte es ihr nicht recht machen. Und trotzdem war sie die Mutter seiner vier Kinder.

Vom Hotel zur Via del Corso waren es nur wenige Meter. Dort angekommen stoppte Adelina und bat um Aufmerksamkeit:

„Diese Strasse, meine Damen und Herren, heisst Via del Corso, was so viel bedeutet wie Strasse des Rennens. Diese Strasse gibt es seit der römischen Antike und sie führte bis nach Rimini. Hier feierten die Römer das Fest zu Ehren des Gottes Bacchus, Gott des Weines und der

Fruchtbarkeit!" Adelina rollte bedeutungsvoll mit den Augen und fuhr fort: „Später entwickelte sich dieses Fest zum Karneval. Bestimmt kennen Sie die Beschreibung von Ihrem berühmten Dichter Johann Wolfgang von Goethe in *Das römische Carneval*. Er war begeistert von den reiterlosen Pferden, welche durch die Via del Corso hinauf zur Piazza Venezia gehetzt wurden. Daher kommt auch der Name der Strasse. Sie sehen auch die Paläste zu beiden Seiten der Strasse mit den Balkonen, dort standen die vornehmen Zuschauer, um das Spektakel zu geniessen. Den armen Pferden wurden stachelige Kugeln mit Schnüren an die Satteldecken geheftet, welche bei jeder Bewegung die Flanken der verängstigten Tiere trafen und sie so zu noch schnellerem Galopp antrieben. Heute würde der Tierschutz solche Spiele verbieten, und das zu Recht."

Adelina führte die Schar durch die engen, verwinkelten Gassen und achtete sorgsam darauf, dass sie niemand von den Gästen zwischen den flanierenden Römerinnen verlor und dass das Tempo nicht zu schnell war für Herrn Voigt mit den künstlichen Knien. Schliesslich kamen sie zur Piazza di Spagna, und Adelina referierte über die Geschichte des berühmten Brunnens und über die prächtige Treppe. Manfred blieb immer dicht neben Adelina und lauschte andächtig ihren Erläuterungen zu den römischen Denkmälern.

„Sie sehen vor sich die Fontana della Barcaccia, ein von Pietro Bernini 1627 errichteter Brunnen in Form eines gestrandeten Bootes. Pietro Bernini war der Vater des berühmten Barockkünstlers Giovanni Lorenzo Bernini, von welchem ich Ihnen noch oft erzählen werde. Papst Urban VIII., ein Mitglied der Adelsfamilie der Barberini, gab den Bau dieses Brunnens in Auftrag und er liess auch das

Familienwappen mit den drei Bienen auf dem Brunnen verewigen."

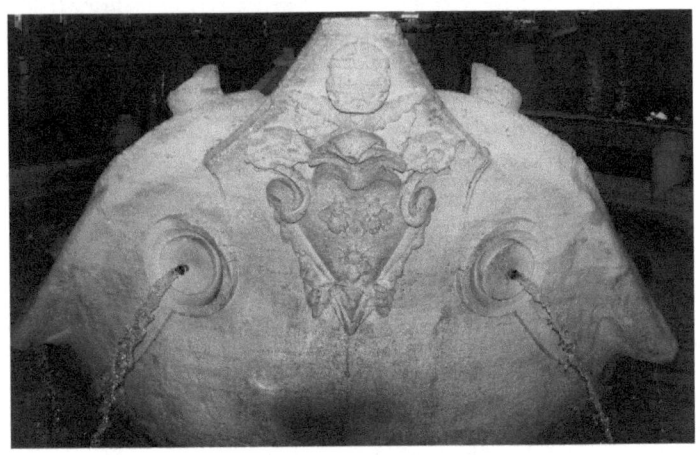

Fontana della Barcaccia auf der Piazza di Spagna
Wappen der Familie Barberini mit drei Bienen

„Die Leute sollten schliesslich wissen, wer den Brunnen bezahlt hat! Zu jener Zeit brachte man noch keine Tafeln mit dem Namen des Stifters an, das Volk konnte eh weder lesen noch schreiben. Daher verwendete man die Bildsprache mit den Wappen der vornehmen Familien. Direkt hinter dem Brunnen erhebt sich die wunderbarste Freitreppe der Welt, die sogenannte Spanische Treppe, welche von 1723 bis 1725 erbaut wurde. Zu dieser Treppe will ich mich kurz fassen, denn Sie haben bestimmt bereits im Reiseführer alles darüber gelesen. Nur eines will ich hervorheben, nämlich die Dreiteilung der Treppe. Sie sehen, dass die Treppe mit einem breiten, zentralen Aufgang und zwei schmalen, seitlichen Läufen beginnt. Diese drei Stufenfolgen treffen nach einem Drittel der Steigung auf einer ersten Terrasse zusammen. Dann trennen sie sich wieder, umfliessen die zweite Terrassenmauer und dann folgt ein sich verengender zentraler Aufgang, der sich vor der letzten Terrassenmauer wieder teilt und endlich zur Kirche Trinità dei Monti hinaufführt. Diese Dreiteilung der Treppe verfolgte nicht nur ein dekoratives Ziel, sondern sie nimmt auch Bezug auf die Kirche am Ende der Treppe, die Kirche Santa Trinità dei Monti, welche der Heiligen Dreifaltigkeit geweiht ist."

Adelina machte eine Pause und musterte die Bridgespieler, um zu sehen, ob sie alles verstanden hatten. Herr Voigt hatte sich an einen Pfosten gelehnt und unterdrückte ein Gähnen. Auch die beiden Damen aus Hannover schauten eher gelangweilt drein. Daher wechselte Adelina das Thema:

„Die Piazza di Spagna hier unten ist nicht nur ein wunderbarer Platz am Fusse der Spanischen Treppe, sie ist auch Zentrum des römischen Modeviertels. In der Via Condotti finden Sie die Läden mit Kleidern von allen wichtigen italienischen Modedesignern, wie Gucci, Armani, Versace und viele mehr, einfach himmlisch!"

Adelina lächelte in die Runde und lenkte nun die schwitzenden Gäste zur Kirche Sant'Andrea delle Fratte. Hier legte sie wiederum einen Halt ein.

„Die italienischsprechenden Gäste unter Ihnen wundern sich bestimmt, warum diese Kirche *delle Fratte* heisst, *Kirche beim Gestrüpp*! Ich kann es Ihnen erklären. Der Vorgängerbau stammte aus dem 12. Jahrhundert und damals befand sich dieser Ort am Rande des bebauten Gebietes, also beim wilden Gestrüpp ausserhalb der Stadt. Und heute steht diese Kirche mitten in der Altstadt! Falls sich jemand von Ihnen für die Malerin Angelika Kaufmann interessiert, ihr Grabmal befindet sich in dieser Kirche. Sie war eine berühmte Malerin, wurde in der Schweiz in Chur geboren und war mit Ihrem Landsmann, verehrte Damen und Herren, mit Johann Wolfang Goethe befreundet. Sie wohnte oben an der Spanischen Treppe und er hat sie dort oft besucht. Vielleicht hatten die beiden ein Verhältnis miteinander, wer weiss! Ihr Ehemann war nämlich viel älter als sie."

Grabmal der Malerin Angelika Kaufmann

Linda und Alex schauten sich an und grinsten. Auf ihrer letzten gemeinsamen Bridgereise hatte Alex eine kurze, aber intensive Affäre mit einer Bridgespielerin namens Angelika. Er erinnerte sich nicht ungern an das Abenteuer mit der vollbusigen Mainzerin. Nach dem Intermezzo im Auto mit ihr, mitten im Wald, hatte er sich zwanzig Jahre jünger gefühlt.

„Auch die Originalstatuen der beiden Engel von Gian Lorenzo Bernini, welche für die Engelsbrücke bestimmt waren, können Sie in dieser Kirche bewundern", unterbrach Adelina mit ihren kunsthistorischen Ausführungen die süssen Erinnerungen von Alex. „Auf der Engelsbrücke, der schönsten Brücke von Rom, standen schon zu Lebzeiten Berninis Kopien, nie die Originale, wegen der Witterung. Es sind dies *Der Engel mit der Dornenkrone* und *Der Engel mit dem Schriftband*."

Friedrich tippte Adelina ungeduldig auf die Schulter.

„Ich weiss, mein lieber Federico, wir müssen weiter zum Club. Sie müssen wissen, meine Damen und Herren, ich verehre den barocken Bildhauer Gian Lorenzo Bernini, er war der genialste Künstler seiner Zeit, und ich könnte Ihnen stundenlang von ihm erzählen. Aber natürlich, wir wollen zum Bridgeturnier!"

Engel mit der Dornenkrone auf der Engelsbrücke

Der Bridgeclub befand sich direkt hinter der Kirche Sant'Andrea delle Fratte in einem imposanten Palazzo aus dem 17. Jahrhundert. Neben einer geräumigen Eingangshalle mit Garderobe erstreckten sich zwei weitläufige, hohe Räume mit weissen Stuckdecken, kunstvoll gearbeiteten Stuckleisten und farbigen Wandfresken. Die Fenster reichten vom Boden bis kurz unter die Decke hinauf und wurden von schweren lindengrünen Damast-Vorhängen gerahmt. Durch die eine Fensterfront blickte man in einen lauschigen Garten mit hohen Bäumen und einem geschwungenen Wasserbecken in der Mitte, aus welchem ein moosbewachsener Felsen emporragte.

Amadeo, der Clubpräsident, wartete bereits ungeduldig auf die deutschen Gäste und trat von einem Fuss auf den anderen. Er war von untersetzter Statur und um seine

Lippen spielte ein verschmitztes Lächeln. Er trug einen eleganten sandfarbenen Leinenanzug und ein weisses Hemd, dazu eine braun-beige-gestreifte Krawatte. Mit seinen vollen graumelierten Locken wirkte er jünger als er in Wirklichkeit war. Als Adelina endlich mit den Gästen eintraf, warf er theatralisch die Hände in die Luft und stöhnte: „Na endlich! Ich fürchtete schon, dass ich all die delikaten Lachsbrötchen alleine verzehren muss!"

Adelina lachte und tätschelte ihm liebevoll die Wange. „Das würde dir so gefallen!", scherzte sie und stellte ihm die deutschen Gäste vor, welche er neugierig musterte und freundlich begrüsste. Er hatte sich zuerst geziert, ausländische Gäste in *seinem* Club zu empfangen, aber Adelina und Friedrich hatten ihn so lange bearbeitet, bis er schliesslich nachgegeben hatte.

Auf einem ovalen Tisch standen riesige Platten mit Lachs- und Eier-Kanapees und Gläser gefüllt mit perlendem Prosecco. Domenico, ein schwarzhaariger, muskulöser Mann in blauen Jeans, schwarzem Armani T-Shirt und weissen Tennisschuhen, drückte jedem der deutschen Gäste ein Glas in die Hand und erklärte, in zehn Minuten würde das Turnier beginnen. Die italienischen Clubmitglieder scharten sich um die Neuankömmlinge aus Deutschland, schwatzten und lachten und kümmerten sich überhaupt nicht um die angekündigten zehn Minuten.

„Schon wieder Alkohol", seufzte Linda, „ich werde die Karten doppelt sehen."

„Sie werden hervorragend spielen", meinte Friedrich, „Alkohol entspannt und mit doppelten Assen gewinnen Sie jedes Spiel!".

„Das ist ein wunderschönes Clublokal", sagte Alex.

„Einmalig", bestätigte Friedrich, „der Palast gehört Amadeo, dem Clubpräsidenten, er bewohnt auch die oberen Stockwerke."

„Nicht schlecht. Hat er das Haus geerbt?"

„Er spricht nicht darüber, aber es ist anzunehmen. Diese Häuser bleiben in der Familie und werden kaum verkauft. Amadeo ist sehr grosszügig, er verlangt vom Club keine Miete und seine Haushalthilfen kümmern sich auch um die Clubräume."

„Und wie verdient er sein Geld?", fragte Linda interessiert.

„Er gehört zu einer italienischen Fabrikantendynastie und hat früher eines der Unternehmen geleitet. Jetzt nicht mehr, seit einigen Jahren ist er im Ruhestand."

„Mafia!", flüsterte ihr Alex ins Ohr.

Schliesslich wurde die Gesellschaft entschieden zum Turnier gerufen. Domenico schwenkte energisch eine kleine Glocke und mahnte, dass sich nun alle an ihre Plätze begeben sollten. Manfred war entzückt, dass er mit Adelina spielen durfte. Linda sass einer fülligen Frau namens Marlena gegenüber. An ihrem Tisch sassen zudem Guglielmo, der Ehemann von Adelina, und Amadeo. Alex spielte am Nebentisch mit Greta, einer eleganten, hageren Italienerin, welche schlecht hörte und beim Spiel die knochigen Schultern nach vorne neigte. Die drei deutschen Ehepaare spielten paarweise zusammen, da einige von ihnen nur sehr wenig Italienisch verstanden.

Im Bridgeraum herrschte nicht die eiserne Disziplin wie in Deutschland. Man schwatzte laut, neckte sich gegenseitig und kommentierte das Spiel. Herr Voigt missfiel dieser Lärm und er zog mehrmals ärgerlich die Augenbrauen in die Höhe und beschwerte sich gegenüber seiner Frau über die unruhige Atmosphäre. Sie pflichtete ihm bei und versuchte ihn zu beruhigen. Die Südländer seien nun mal bekannt dafür, dass sie weniger diszipliniert seien als die Deutschen, beschwichtigte sie ihren Mann leise und hoffte, dass niemand an ihrem Tisch Deutsch verstand.

Zwei Boards waren bereits gespielt und es begann nun die dritte Runde. Marlena, die Bridgepartnerin von Linda, ordnete ihre Karten in der richtigen Reihenfolge und stutzte. Sie kniff die schmalen Lippen zusammen und holte ihre Lesebrille hervor. Dann betrachtete sie nochmals ihre Karten. Sie schüttelte den Kopf und rief energisch nach Domenico dem Spielleiter.

„Domenico, wie hast du bloss diese Karten gemischt", sagte sie vorwurfsvoll. "Ich dachte zuerst, es sei der Alkohol, aber ich habe tatsächlich zweimal den Pik König in meinem Spiel." Mit einem durchdringenden Blick fixierte sie den Spielleiter.

Domenico beugte sich über ihre Karten und runzelte seine schöne glatte Stirn. „Wie konnte das passieren, ein doppelter Pik König?", wunderte er sich mit jugendlicher Lässigkeit.

„Pik König bringt Unglück", scherzte Guglielmo und musterte Marlena.

Ärgerlich hob sie ihren Kopf und schaute ihn scharf an. „Wirklich?", entgegnete sie spöttisch. „Frag deine Frau, immerhin weiss sie über die *Bedeutung* von Karten besser Bescheid als du."

„Adelina, Cara, was bedeutet der Pik König im Tarot?", rief Guglielmo laut durch den Saal.

Alle Bridgespieler hoben erstaunt und gleichzeitig amüsiert die Köpfe. Es war bekannt, dass Adelina eine Schwäche für das Liebes-Tarot hatte.

„Gerechtigkeit", rief sie zurück, ohne von ihren Karten aufzuschauen.

„Na eben", sagte Guglielmo und lächelte maliziös.

Amadeo blickte ihn irritiert an, sagte aber nichts.

Domenico kam mit den Turnierunterlagen zurück und murmelte etwas. Dann nahm er einen der beiden Könige aus dem Spiel von Marlena und gab ihr eine andere Karte.

„So etwas sollte nicht geschehen, Domenico", sagte sie tadelnd.

Domenico lächelte nachsichtig und ging an seinen Tisch zurück. Aber Amadeo ärgerte sich. Er schob seine eckig geschnittene Hornbrille zurecht und warf Marlena einen stechenden Blick zu: „Beruhige dich, Marlena, und schau, dass du selber keine Fehler machst."

Es war ein vergnügter Bridgeabend mit viel Geplauder und Geplänkel. Die Atmosphäre war entspannter als in Deutschland und Manfred fühlte sich ausgezeichnet unterhalten. Er und Adelina erzielten zwar kein gutes Resultat, sie wurden sogar Letzte, aber das kümmerte ihn nicht. Adelina nahm es mit den Regeln nicht so genau, sie spielte mehr nach Gefühl. Die beiden amüsierten sich zusammen glänzend und sie lobte ihn für seine perfekte italienische Aussprache. Manfred hatte als Jurist in einer Kunstversicherung in Frankfurt gearbeitet, aber auch zwei Jahre in der italienischen Zweigniederlassung in Mailand. Daher sprach er fliessend Italienisch. Bevor alle nach Hause gingen, drückte Adelina Manfred eine Einladung für den kommenden Abend in ihrem Haus in die Hand.

„Ich würde mich geschmeichelt fühlen, wenn Sie kommen würden", sagte sie mit ihrem charmanten Lächeln. „Und Ihre beiden Freunde, Linda und Alex, sind natürlich auch eingeladen. Auch Friedrich wird dabei sein."

Manfred zeigte die Karte Linda und Alex.

Adelina und Guglielmo freuen sich,

Sie zu den Attituden nach Statuen des
Barockkünstlers Gian Lorenzo Bernini
einzuladen.

Mittwoch 4. Juli an der Via Sicilia 38
ab 20.00 Uhr

„Was meinen die beiden mit Attituden?", fragte
Alex. „Ist das eine esoterische Sitzung mit Verhaltensfor-
schung?"

Linda und Manfred lachten.

„Nie etwas von Lady Hamilton gehört, mein Lieber?", fragte Linda ironisch. "Du bist bestimmt ein Experte
von Gewinden und Schraubverschlüssen, aber deine
Kunstkenntnisse sind wirklich mangelhaft."

„Schon wieder irgendeine Künstlerin?"

„Im weitesten Sinne war sie eine Künstlerin",
sagte Manfred. „Sie war eine wunderschöne Frau, begehrt
von den Männern, und sie liebte es, sich als lebendes
Kunstwerk zu inszenieren."

„Mit Tätowierungen? Wie es der Schriftsteller
Jürg Federspiel in seinem Roman *Geographie der Lust* be-
schrieben hat?"

„Nein, das nicht", Manfred schüttelte den Kopf
und lächelte. „Kommen Sie morgen mit zu der Veranstaltung und lassen Sie sich überraschen. Es wird bestimmt

nicht langweilig. Adelina ist eine bezaubernde Person und sicher auch eine vorzügliche Gastgeberin. Mir gefallen die Italiener, sie verstehen das Leben!"

„Den *Raub der Proserpina* werden sie wohl nicht darstellen", spottete Linda, „dafür ist Guglielmo zu wenig kräftig gebaut. Da müsste schon der junge Domenico mit seiner sportlichen Statur einspringen!"

„Abwarten! Soviel ich mitbekommen habe, sind die beiden auch eingeladen."

III.

Drei Wochen vorher

Adelina besuchte jeden zweiten Donnerstagnachmittag ihre Schwiegermutter Hortensia in der Altersresidenz Parco Allegro in Borghesiana, einem Aussenquartier von Rom. Die erstklassige Residenz orientierte sich an den Bedürfnissen von Menschen in fortgeschrittenem Alter und ermöglichte eine optimale Verbindung von eigenständigem Wohnen mit integrierter, gepflegter Gastronomie und mit einem reichhaltigen Angebot rund um Gesundheit, Unterhaltung und Wellness. Der moderne Bau war von einem kleinen Park umgeben, in welchem Spaziergänge mit oder ohne Betreuung möglich waren. Die Bewohner genossen ein lebenslanges Wohn- und Betreuungsrecht in der Residenz, und sollte eines Tages eine Betreuung in der eigenen Wohnung nicht mehr möglich sein, bot sich der Umzug in die hauseigene, professionelle Pflegeabteilung an. Auch für die Unterhaltung der Gäste war gesorgt. Es gab nicht nur tägliche Gymnastikkurse, Wasserspiele im geheizten Hallenbad und Tanzlektionen – natürlich alles perfekt auf das Alter der Bewohner ausgerichtet –, auch ein Flugsimulator, insbesondere für die älteren Herren, war vorhanden und sogar ein Spielkasino mit Roulette, Poker und Back Gamon. Als Guglielmo von dem Kasino erfuhr, war er ausser sich. Er fürchtete, seine Mutter könnte seinen gesamten Erbteil verspielen. Erst als man ihm erklärte, dass es sich bei den Einsätzen lediglich um wertloses Spielgeld handelte, beruhigte er sich.

Hortensia bewohnte in der Residenz eine Zweizimmerwohnung mit Salon und separatem Schlafzimmer. Vor einem Kamin mit edler Marmoreinfassung gruppierte sich eine Sitzgruppe mit einem Sofa und zwei bequemen Sesseln. Eine breite Fensterfront führte auf eine Terrasse im Garten, flankiert von zwei grossen Terrakottatöpfen mit Oleanderpflanzen. Das Dienstmädchen von Hortensia, eine gutmütige Philippinin mit Namen Dolores, arbeitete zu einem Hungerlohn und teilte sich im Keller der Residenz ein kleines, dunkles Zimmer mit einer Frau aus Sri Lanka. Die Leitung des Alterszentrums legte grossen Wert auf Beschäftigung der Insassen, insbesondere zur Aktivierung der Hirnzellen. Hortensia hatte ihr Leben lang Bridge gespielt und auch hier in der Residenz spielte sie oft am Nachmittag ein Turnier zusammen mit Luigi, einem ehemaligen Diplomaten, welcher während seiner langjährigen Laufbahn auf allen Kontinenten stationiert gewesen war. Die Gegenpartei bildeten jeweils zwei Pflegerinnen, welche auf die speziellen Umstände der beiden Insassen liebevoll Rücksicht nahmen. Luigi war an jenem Nachmittag unkonzentriert. Er vergass die Regeln, er vergass, welche Farbe gespielt wurde und einmal glaubte er sogar, es handle sich um eine Runde Poker. Zu seinem eigenen Ärger bemerkte er aber, dass er alles vergass und es deprimierte ihn. Er sank während des Spiels immer mehr in sich zusammen und schimpfte sich selber Blödmann, Idiot und Versager. Die beiden Pflegerinnen versuchten ihn zu beschwichtigen, aber die Situation eskalierte.

„Es reicht!", rief er wütend. „Ich hatte heute bereits zwei Bruchlandungen mit dem Flugsimulator. Einmal hat sich das Flugzeug sogar überschlagen und raste einen Abhang hinunter!"

Er warf die Karten auf den Tisch, sprang vom Stuhl auf und rannte in den Park hinaus den Weg hinunter zum eisernen Gittertor, welches die Residenz von der Aussenwelt trennte und aus guten Gründen verschlossen war. Er schüttelt wild den Kopf, schrie und rüttelte an den Gitterstäben. Sein weisser Anzug war zerknittert und hing am hageren Körper des alten Mannes schlaff herunter. Eine der beiden Pflegerinnen war ebenfalls aufgestanden und folgte Luigi mit ruhigen Schritten, um jede Aufregung der anderen Residenzbewohner zu vermeiden. Als sie beim Tor angekommen war, fasste sie Luigi sachte am Arm.

„Herr Luigi, ein wichtiger Anruf für Sie. Sie werden am Telefon verlangt."

Luigi liess abrupt das Gitter los und wendete sich um.

„Immer diese Störungen", entgegnet er ruhig, aber verärgert. „Sagen Sie, ich sei beschäftigt."

„Es ist aber sehr dringend", insistierte die Pflegerin. „Der indische Premierminister ist am Apparat, er hat ein Problem."

„Wieder die weissen Elefanten?", fragte Luigi und hob die Augenbrauen.

„Nein, nicht die Elefanten. Die Tigerjagd steht bevor, und der Premierminister ist unschlüssig, welche Flinte er wählen soll."

„Dieser inkompetente Anfänger!", schimpfte Luigi, „wie oft muss ich ihm dies noch erklären."

Er hakte sich bei der Pflegerin unter und die beiden gingen zur Klinik zurück.

„Wissen Sie, bei der Tigerjagd ist es wichtig, dass man das schönste Tier erlegt. Man achtet dabei auf die Streifen. Wenn die Streifen parallel laufen, ist es gut. Wenn sie...."

„Ja, Herr Luigi, erzählen Sie dies dem Minister", unterbrach die Pflegerin den weisshaarigen Alten und drückte ihm den Telefonhörer in die Hand. Während der nächsten halben Stunde krächzte Luigi ununterbrochen ins Telefon und störte sich nicht daran, dass ihm nur ein regelmässiger Pieps-Ton antwortete. Nach dem langen Gespräch war er ganz ruhig. Er wartete auf das Abendessen und setzte sich danach ans Klavier. Wie jeden Abend spielt er ein Stück von Tschaikowsky. Hortensia lauschte bedächtig. Durch einen Nebel tauchten die Klavierstunden ihrer Kindheit auf. Eine junge Belgierin hatte sie unterrichtet. Sie hatte blonde Locken und sprach mit ihr nur Französisch.

Das Klavierspiel hatte aufgehört.

„Bitte bringen Sie Luigi nach oben", sagte die Oberschwester zur Pflegerin, „es geht ihm heute gar nicht gut."

Die Oberschwester nickte im Vorbeigehen Hortensia zu und verschwand im Office.

Auch Hortensia ging schlafen. Auf dem Nachttisch lagen die Tabletten neben einem Glas Wasser. Dolores nahm ihr das blaue Leinenkostüm ab und hängte es in den Schrank. Hortensia schluckte die Tabletten und schlüpfte unter die Decke. Langsam wurde alles weich und leicht um sie herum. Die Pillen entfalteten ihre Wirkung und Hortensia versank in weissen Wolken und vergass den Tag.

Am nächsten Morgen war der Platz von Luigi leer. Eine fröhliche Musik füllte den Speisesaal.

„Hat Luigi verschlafen?", fragte Hortensia erstaunt.

„Ach, hat er Ihnen nichts gesagt?", wunderte sich die Pflegerin. „Luigi hat gestern einen Anruf vom Maharadscha bekommen. Er hat ihn zur grossen bengalischen Tigerjagd von Jabalpur eingeladen. Luigi ist noch gestern Abend abgereist."

„Abgereist? Wie schade", bemerkte Hortensia. „Er hat immer so schön Klavier gespielt."

Am Tag darauf war Donnerstag und Adelina fuhr nach Borghesiana und klopfte an die Wohnungstür von Hortensia. Sie trat in den Salon und eine brütende Hitze schlug ihr entgegen. Obwohl es Mitte Juni war, brannte im Kamin ein Feuer. Hortensia sass in ihrem Lehnstuhl und starrte abwesend in die Flammen. Die Terrassentür war offen und auch von draussen drang die heisse Sommerluft in den Raum hinein. Auf dem runden Salontisch vor Hortensia stand ein Tablett mit heissem Tee und Gebäck.

„Was ist denn hier los?", fragte Adelina, „warum diese Hitze mitten im Sommer?"

Dolores wischte sich den Schweiss von der Stirn und zuckte resigniert mit den Achseln.

Hortensia hob langsam den Kopf und Adelina bemerkte, dass sie geweint hatte. Sie setzte sich zu der alten Frau und nahm ihr Hand.

„Was fehlt dir?", fragte sie behutsam.

„Luigi ist abgereist", antwortete Hortensia traurig.

„Abgereist? Wohin denn?", wandte sie sich mehr an Dolores als an Hortensia.

„Er ist zur Tigerjagd nach Jabalpur gefahren", sagte Hortensia. „Und er hat mich nicht mitgenommen."

Verwirrt schaute Adelina zu Dolores, sie verstand gar nichts.

Dolores machte ihr ein Zeichen und bekreuzigte sich. Adelina begriff, dass Luigi verstorben war.

„Wenn ich Enkelkinder hätte, wäre ich nicht so alleine", seufzte Hortensia.

„Ich kann nichts dafür", entgegnete Adelina, „der Herr hat mir keine Kinder geschenkt."

„Mein Mann ist schuld daran", flüsterte Hortensia.

„Nein, Mutter, deinen Mann trifft keine Schuld. Ich konnte keine Kinder bekommen."

„Du hast keine Ahnung, Du weisst nichts, aber ich weiss alles."

„Was meinst du damit?"

„Damals, als du im Hospital warst. Mein Mann wollte nicht, dass du das Kind bekommst."

„Ich weiss, er war nicht begeistert über die Verbindung von Guglielmo und mir. Aber was hat das mit dem Kind zu tun?"

„Er hat es mir gebeichtet, bevor er starb."

„Was hat er dir gebeichtet?", fragte Adelina unruhig.

„Er hat das Kind umgebracht."

Adelina blickte die alte Frau zweifelnd an. Offensichtlich hatte sie eine ihrer Depressionen. Luigi war ihr Freund und Vertrauter gewesen, seine *Abreise* machte sie traurig. Vielleicht wusste sie insgeheim, dass er nicht nach Indien gereist war, sondern an einen viel weiter entlegenen Ort, an einen Ort, an den auch sie in nicht allzu ferner Zukunft reisen würde.

„Soll ich dir eine Tasse Tee einschenken?", wechselte Adelina das Thema.

Hortensia nickte.

„Mit wem soll ich nun Bridge spielen?", fragte Hortensia nun plötzlich ärgerlich. Sie hatte schon immer unter Stimmungsschwankungen gelitten, aber mit dem Alter waren sie noch stärker geworden. „Ich will Bridge spielen. Adelina, du musst mit mir spielen. Wir gehen nun in den Aufenthaltsraum und spielen eine Partie." Hortensia stand auf und blickte Adelina ungeduldig an.

„Aber Mutter, du weisst doch, wie schlecht ich spiele. Ich vergesse die Regeln und spiele die falsche Karte aus."

„Keine Widerrede!", herrschte Hortensia ihre Schwiegertochter an. „Wenn ich huste, spielst du Pik, wenn ich an die Brille fasse, gibst du eine Coeur-Karte, das haben Luigi und ich auch so gemacht und wir haben immer gewonnen."

Adelina blickte hilflos zu Dolores, welche mit Mühe ein Kichern unterdrückte. Schliesslich erhob sie sich und folgte ihrer Schwiegermutter in den Aufenthaltsraum.

*****

Guglielmo kam an diesem Abend früher nach Hause als sonst. Er schätzte es, dass Adelina seine Mutter jede zweite Woche im Altenheim besuchte und wollte ihr damit auch einen Gefallen erweisen. Er hatte sogar einen Strauss Rosen für sie gekauft.

„Für dich, Cara", sagte er und hielt ihr die Rosen hin.

Adelina war überrascht. „Ich habe erst in zwei Monaten Geburtstag", bemerkte sie zerstreut.

„Freust du dich denn gar nicht?", fragte er.

„Doch, Guglielmo, doch, das ist sehr aufmerksam von dir." Nach einem Zögern fuhr sie fort: „Ich glaube, deine Mutter wird langsam dement", sagte sie langsam. „Sie war sehr merkwürdig heute. Sie sagte, dein Vater hätte unser Kind umgebracht."

Guglielmo runzelte überrascht die Stirn. „Das hat sie gesagt? Das ist doch völliger Unsinn!", rief Guglielmo aufgebracht. „Was ist los mit ihr, nimmt sie die Medikamente nicht regelmässig?"

Adelina zuckte mit den Schultern. „Ihr Freund Luigi ist verstorben. Ich glaube, das hat sie sehr mitgenommen. Ich musste sogar mit ihr Bridge spielen."

Guglielmo grinste. „Und, habt ihr gewonnen?"

„Natürlich, mit Husten und anderen Tricks. Unsere Gegner waren zwei Angestellte."

Guglielmo lachte. „Durchtrieben, wie eh und je! Ich spiele heute Abend auch, im Club. Machst du mir ein Sandwich? Ich muss bald los."

„Mit wem spielst du?"

„Mit Amadeo, ich hoffe, er hält sich einigermassen an die Regeln und interveniert nicht wild darauf los. Er ist furchtbar ehrgeizig und schiebt mir immer die Schuld zu, wenn wir nicht gewinnen."

„Aber er spielt doch ganz gut."

„Wie man's nimmt, jedenfalls nicht besser als ich, Cara."

„Warum spielt er nicht mit Domenico?"

„Die beiden spielen selten zusammen, und wenn, streiten sie wie ein altes Ehepaar!"

Ein Stunde später lenkte Guglielmo seinen Wagen die Via Veneto hinunter. Die Worte seiner Frau beschäftigten ihn. Warum hatte seine Mutter diese merkwürdige Anspielung auf seinen Vater gemacht? Sie hatte sonst nie schlecht über ihn gesprochen, obwohl sie nicht immer einer Meinung mit ihm gewesen war. Er hatte sich der Ehe mit Adelina widersetzt, aber später hatte er sich damit abgefunden. Guglielmo holte während der Fahrt sein iPhone aus der Jackentasche hervor und wählte die Nummer von Amadeo.

„Guglielmo, was gibt's? Bist du verspätet?"

„Nein, aber kannst du heute Abend mit Domenico spielen? Ich muss noch ins Büro und etwas erledigen."

„Eine Neue?"

Guglielmo lachte gereizt. „Nein, nicht was du denkst, ich muss wirklich ins Büro."

„Domenico spielt heute Abend mit dem Kardinal im Darkroom."

„Im Darkroom?" Bridge? Aber da sieht man doch nichts?"

„Sei nicht albern, weisst du nicht, was ein Darkroom ist?"

„Ein dunkler Raum."

„Genau, und da geht es auch dunkel zu!" Amadeo lachte laut.

„Du meinst Sex und so? Mit einem richtigen Kardinal?"

„Das weiss niemand so genau. Jedenfalls verkleidet er sich als Kardinal."

„Und das in der heiligen Stadt Rom! Und du hast nichts dagegen?"

„Warum? Du hast auch deine Geliebte und Adelina hat nichts dagegen."

„Das ist etwas anderes, ausserdem hat sie wohl etwas dagegen. Was glaubst du, was sie sich alles kauft, wenn ich ein Wochenende weg bin. Als ich mir das letzte Mal eine längere Auszeit gegönnt habe, hat sie das ganze Schlafzimmer neu eingerichtet. Betten, Schränke, Teppiche, Bettwäsche, einfach alles! Sogar mein seidenes Lieblingspyjama hat sie weggeschmissen!" Guglielmo machte eine Pause. „Und du, machst du das auch? Ich meine Kardinal und Darkroom?"

„Neugierig! Na gut, ich werde heute einen anderen Bridgepartner finden, zur Not spiele ich mit Marlena. Aber nächste Woche kneifst du nicht!"

„Versprochen. Noch eine Bitte, falls du einmal Adelina sehen solltest, erwähne es nicht, sie denkt, wir spielen heute zusammen."

„Also doch!"

„Nein, zum Teufel, es ist etwas anderes. Frag jetzt nicht."

Guglielmo legte auf und steckte das iPhone zurück in die Jackentasche. Er lenkte den Wagen zu seiner Kanzlei und parkte in der unterirdischen Garage. Mit dem Fahrstuhl fuhr er in die zweite Etage hinauf. Um diese Zeit war die Kanzlei verlassen. Auch die Sekretärinnen waren nach Hause gegangen. Er ging zu seinem Büro und öffnete den Aktenschrank. Aus einem Fach holte er die alten Unterlagen über den Spitalaufenthalt von Adelina hervor. Langsam und aufmerksam las er Zeile für Zeile durch, aber er konnte nichts Auffälliges bemerken. Nachdenklich ging er zum Fenster und blickte auf die Strasse hinunter. Eine Frau mit langen, schwarzen Haaren unterhielt sich mit einem jungen Mann. Er lehnte sich lässig an sein Motorrad und hatte seine Hand auf den Unterarm der Frau gelegt. Sie flirtete mit dem Mann und blickte ihm kokett in die Augen. Guglielmo drehte sich vom Fenster weg und ging zum grossen Schrank an der Seite neben der Tür. Er holte eine Kiste mit alten Ordnern und Heften seines verstorbenen Vaters hervor. Nach dessen Tod hatte er das Büro seines Vaters aufgeräumt und es erschien ihm damals pietätlos, alles wegzuwerfen. Daher verstaute er einen Teil davon in einer Kiste und sperrte sie in den Schrank. Guglielmo schenkte sich einen Grappa ein und setzte sich an seinen Schreibtisch. Das Verhältnis zwischen ihm und seinem Vater war zwiespältige gewesen. In juristischen Angelegenheiten hatte er ihn gerne um Rat gefragt, er war ein ausgezeichneter Jurist gewesen. Aber privat hatte er nie einen Zugang zu ihm. Er war der allmächtige Vater gewesen, Patriarch und Familienoberhaupt. Als er starb, fühlte sich Guglielmo erleichtert, obwohl er dies nie zugegeben hätte, schliesslich war es der Vater, der verstorben war.

Er holte den Inhalt aus der Kiste und breitete ihn auf dem Schreibtisch aus. Zwischen Ringheften und Notizblöcken fiel ihm ein in braunes Leder gebundenes Heft auf. Er fischte es unter dem Stapel hervor und blätterte darin. Er erkannte die Handschrift seines Vaters. Die folgenden Stunden las er gebannt das Tagebuch seines Vaters. Die Lektüre wühlte ihn auf. Er konnte kaum glauben, was er gelesen hatte. Er schenkte sich hintereinander zwei Gläser Grappa ein und trank sie in einem Zug leer. Es war lange nach Mitternacht, als er die Unterlagen wieder in der Kiste versorgte. Er stellte sie zurück in den Schrank an ihren alten Platz, verschloss die Schranktüre und steckte den Schlüssel in seine Jackentasche.

*****

Adelina verbrachte den Abend bei ihrer Freundin Emilia. Auf ihrer Terrasse standen grosse Töpfe mit Sommerflieder und vom Garten rankten blaue Glyzinien bis zu ihr ins zweite Stockwerk hinauf. Die Grillen zirpten laut. Emilia hatte Spaghetti mit frischem Tintenfisch und einer Soße aus Chili und Knoblauch gekocht, dazu tranken sie Weisswein und plauderten. Emilia war eine ausgezeichnete Köchin und eine gefragte Scheidungsanwältin. Adelina schüttete bei ihr oft das Herz aus, wenn Guglielmo wieder einmal fremdging. Heute war es allerdings Emilia, welche den Rat ihrer Freundin brauchte. Sie hatte mit einem Klienten eine Affäre angefangen und dessen Frau war dahinter gekommen. Unglücklicherweise handelte es sich in diesem Fall nicht um eine Scheidung, sondern um die Regelung der Erbfolge. Emilia war um ihren guten Ruf als Anwältin besorgt, aber trotzdem wollte sie die Liebschaft nicht beenden. Emilia erzählte Adelina pikante Details von ihrem Abenteuer und die beiden unterhielten sich angeregt. Emilia riet Adelina, auch untreu zu werden, um sich an Guglielmo wegen seiner Affären zu rächen.

Es war Mitternacht, als Adelina ihren lilafarbenen Lancia Sport aus der engen Toreinfahrt hinaus auf den Largo Argentina lenkte und Richtung Piazza Venezia davonbrauste. Um diese Zeit waren die Strassen in Rom ruhig. Adelina raste an dem scheusslichen Monument für Viktor Emanuel II. vorbei, welches in seiner pompösen Form an eine überdimensionale Schreibmaschine erinnerte, und sie beschleunigte das Tempo noch mehr.

Nationaldenkmal für König Viktor Emanuel II.

Über die Via del Quirinale erreichte sie die Piazza Barberini und fuhr die elegante Via Veneto hinauf bis zur Via Sicilia. Direkt neben dem ecuadorianischen Konsulat befand sich ihr Heim, ein stattliches, dreigeschossiges

Haus, das seit Generationen zum Eigentum der Familie ihres Mannes gehörte. Mit der Fernsteuerung öffnete sie das eiserne Gittertor, das den schmalen Zwischenraum zur daneben liegenden privaten Primarschule verschloss und Platz für zwei Autos bot. Hinter ihr ging das Tor automatisch zu. Adelina stieg aus und schmetterte die Wagentüre zu. Der zweite Parkplatz war leer, Guglielmo war noch nicht zu Hause. Adelina runzelte die Stirn und tippte den sechsstelligen Code in die Alarmanlage neben der Haustüre und öffnete. Cleopatra und Persephone sprangen ihr mauzend entgegen. Adelina verschloss die Eingangstür und kraulte beide Perserkatzen hinter den Ohren.

„Und wo ist Cappuccino?", fragte sie in die Stille des Hauses.

Der elegante, blauäugige Siam-Kater mit kaffeebrauner Schnauze sass auf dem Kaminsims zwischen den beiden kobaltblauen chinesischen Vasen und leckte sich die Pfote. Einen Moment hielt er inne, als er Adelinas Stimme hörte, blinzelte ihr zweimal zu und fuhr dann unbeirrt in seiner Körperpflege fort.

„Treulos, wie alle Männer", bemerkte Adelina zärtlich, „kommt nicht einmal zur Begrüssung seiner Herrin vom Hochsitz herunter!" Sie ging durchs Wohnzimmer zum Kamin und kraulte Cappuccino den Hals. Er liess ein leises Schnurren hören und stiess mit seinem Kopf liebevoll gegen Adelinas Brust. Cleopatra und Persephone waren Adelina lautlos über die dicken Wollteppiche gefolgt und strichen um ihre Beine.

Adelina schwärmte seit ihrer Jugend für die Attituden, die Darstellung von lebenden Bildern, welche Lady Hamilton, die gefeierte Schönheit des 19. Jahrhunderts, berühmt gemacht hatten. Adelina hatte sich aber im Gegensatz zur

Lady nicht auf die Nachbildung von antiken Personen spezialisiert, sondern sie begeisterte sich für die Statuen des Barockkünstlers Gian Lorenzo Bernini. Insbesondere die Verzückung der Heiligen Theresa in der Capella Coronaro und auch die selige Franziskanernonne Ludovica Albertoni in der Kirche San Francesco a Ripa waren ihre Lieblingsposen.

Statue der Heiligen Theresa und des Engels mit dem Pfeil von Gian Lorenzo Bernini in der Cappella Coronaro

Die Heilige Theresa erwartet in wonniger Trunkenheit mit geschlossenen Augen den *Pfeil* – was immer auch damit gemeint ist - des jugendlichen Engels. Sie streckt ihren rechten Zeigfinger bedeutungsvoll zwischen den Gewandfalten hervor. Ob sie damit den Engel heranwinken will oder ob damit eine symbolische Geste der Selbstbefriedigung gemeint ist, bleibt dem Betrachter überlassen. In den Lehrbüchern wird Bernini jedenfalls als gottesfürchtiger Mann interpretiert und seine Statuen als Abbild gottergebener Frauen.

Adelina nahm es mit diesen kunsthistorischen Interpretationen nicht allzu genau und zögert nicht, den Attituden auch einen sinnlichen Aspekt zu verleihen, untermalt von Leonard Cohens verführerischer Stimme mit Liedern *I'm your man* oder *Dance me to the end of love*. Die männlichen Zuschauer gerieten jeweils ihrerseits in Ekstase, während sich ihre Ehefrauen vielsagende Blicke zuwarfen. Es wurde auch gemunkelt, dass Adelina von Guglielmo, ihrem Mann, vernachlässigt werde, da seine notorische Untreue stadtbekannt war. Dies war auch der Grund, dass er seine Frau mit den Attituden gewähren liess, obwohl ihm ihre theatralischen Posen manchmal peinlich waren. Nur einmal hatte er ein Veto eingelegt, als Adelina die Statue *Die Wahrheit* darstellen wollte. Das berühmte Bernini-Werk befindet sich in der Galleria Borghese. Die Wahrheit sitzt vollständig nackt auf einem Felsvorsprung, nur eine Gewandfalte verhüllt knapp ihre Scham. Das war dann auch für Guglielmo zu viel und er verbot die Aufführung kategorisch. Adelina hatte daraufhin einen ihrer hysterischen Anfälle, gefolgt von einer mehrtägigen Migräne, aber Guglielmo liess sich nicht umstimmen und verbrachte die folgenden Tage bei einer seiner Geliebten. Erst als sich

Adelina wieder beruhigt hatte, kehrte er ins eheliche Heim zurück.

Adelina ging zum Fenster hinüber zu einem Servierwagen aus Messing und Glas und schenkte sich einen Single Malt ein. Sie streifte ihre Schuhe ab und legte sich auf einen Diwan aus dunkelblauem Samt mit goldener Holzumrahmung und bettete ihren Kopf auf eine weiche Nackenrolle. Sie nahm einen kräftigen Schluck vom Single Malt. Genüsslich liess sie den Alkohol durch ihre Kehle rinnen. Cleopatra sprang auf den Diwan und legte sich schnurrend auf ihren Bauch. Gedankenverloren strich ihr Adelina über den Kopf. Sie fühlte sich einsam. Schon als Kind war sie oft einsam gewesen. Ihre Eltern besassen eine Trattoria und arbeiteten immer bis spät in die Nacht. Adelina war ein Einzelkind und oft allein. Wenn der Abend voranschritt, trank ihre Mutter gerne mit den Gästen. Der Vater war eifersüchtig. Wenn die beiden in der Nacht nach Hause kamen, stritten sie. Der Vater schlug die Mutter. Oft hatte sie blaue Flecken und einmal hatte er ihr das Nasenbein gebrochen. Adelina versteckte sich jeweils unter ihrer Bettdecke und hielt sich die Ohren zu. Sie wollte nichts sehen und nichts hören. Sie flüchtete sich in eine andere Welt, zuerst in die Welt von Rittern und Prinzessinnen, später in die Welt von Lady Hamilton. Sie wollte schön und berühmt sein, hübsche Kleider tragen und von den andern bewundert werden. Als Kind vermisste sie die Geborgenheit, daher dachte sie, sie könne diese bei einem Mann finden. Guglielmo war älter als sie. In ihm sah sie nicht nur den Ehemann, sondern auch den Vater und den Beschützer. Er hingegen fand sie damals sexy und attraktiv.

IV.

Linda, Alex und Manfred sassen unter einem grossen Sonnenschirm im Roof Garden des Hotels und widmeten sich ausgiebig dem reichhaltigen Frühstück mit Schinken, Käse, Oliven und vielem mehr. Es war ein herrlicher Sommertag, die Luft war klar und von der Terrasse konnte man die sieben Hügel Roms erkennen. Der Kapitolinische Hügel war der Mittelpunkt des antiken Rom. Dort standen der Tempel der Juno und der Jupiter-Tempel zu Ehren der beiden Hauptgötter des römischen Götterhimmels. Jupiter, der Göttervater, galt als Beschützer des Staates, aber er schleuderte in der Antike auch Blitz und Donner vom Himmelsgewölbe und erschreckte damit die Bürger. Seine Gemahlin Juno hingegen kümmerte sich um Ehe, Mutterschaft und Geburt.

Eigentlich war dieser Tag viel zu schön, um den Theoriekurs zu besuchen. Aber da Nachmittag und Abend zur freien Verfügung standen, wollten Linda, Alex und Manfred trotzdem hingehen. Das Turnier im Bridgeclub Cesare Borgia fand nur jeden zweiten Abend statt. Friedrich, der Bridgelehrer, hatte für den Nachmittag eine freiwillige Exkursion zum Forum Romanum und zum Kolosseum organisiert. Alex und Manfred wollten aber unbedingt den Petersdom besichtigen und Linda, studierte Kunsthistorikerin, hatte sich bereit erklärt, den beiden die wichtigsten Kunstdenkmäler im Dom zu zeigen und zu erläutern.

Nach dem Theorieunterricht trafen sich die drei in der Hotelhalle und nahmen unten an der Via del Corso ein

Taxi. Sie fuhren zur Engelsbrücke, dort wollte Linda aussteigen und die beiden Männer zu Fuss über die alte Brücke führen.

Die Engelsbrücke wurde bereits unter dem römischen Kaiser Hadrian im 2. Jahrhundert n. Chr. erbaut, zur selben Zeit wie die Engelsburg, welche am Ende der Brücke auf der anderen Seite des Tibers steht und ursprünglich das Mausoleum für Kaiser Hadrian und seine Familie war. Seit dem 10. Jahrhundert diente die Engelsburg als Zufluchtsort für die Päpste und im 15. Jahrhundert wurde sie zur Festung ausgebaut mit prächtig ausgestatteten Wohnungen, einer Schatzkammer und einem Geheimarchiv. Während der Inquisition diente sie auch als Gefängnis.

Engelsburg

Den Namen *Engelsburg* erhielt die Anlage im Jahr 590, als in Rom die Pest wütete. Die Legende berichtet, Papst Gregor I. habe über dem Grabmal die Erscheinung des Erzengels Michael gesehen, der ihm das Ende der Pest verkündete. Aus diesem Grund erhebt sich auf der Spitze des Gebäudes noch heute die Statue des Erzengels Michael.

Tiber mit Engelsbrücke in Rom

Die drei Freunde gingen über die mit Engelsfiguren geschmückte Brücke, auf welcher früher die Pilgerscharen dem Petersdom zustrebten, um Ablass für ihre Sünden zu erhalten. Auf der Brücke herrschte in früheren Zeiten ein munteres Treiben mit Gauklern, Pferdekarren, Maultieren und Verkaufsbuden von Händlern und Handwerkern. Wegen der Pilgerscharen kam es auf der engen Brücke oft zu einem grossen Gedränge. Im 15. Jahrhundert gab es einmal sogar 172 Tote, weil Pferde und Maultiere scheuten, der Weg darauf versperrt war und die Menschenmassen in Panik gerieten. Der damalige Papst Niklaus V. liess darauf die Engelsbrücke räumen und es durften keine Verkaufsstände mehr aufgestellt werden, damit der Zugang frei und ungefährlich war. Bereits seit der Renaissance gab es Pläne für eine repräsentative Strasse, die zum Petersdom führen sollte. Aber erst 1950 wurde die 1936 unter Benito Mussolini geplante Via della Conciliazione vollendet, welche in gerader Linie vom Tiber zum Petersdom führt und schon von weitem die Kirche erkennen lässt. Dieser neuen Prachtstrasse mussten unzählige Häuser, vier Kirchen und mehrere historische Paläste weichen und es wurde damit ein lebendiges historisches Stadtviertel vernichtet.

Linda Alex und Manfred kamen zur Engelsburg am Ende der Brücke und gelangten ins mittelalterliche Stadtviertel von Rom und zur Via dei Corridori. Dort zeigte Linda den beiden den Passetto di Borgo, einen etwa 800 Meter langen Fluchtweg. Von aussen sieht das Bauwerk wie eine gewöhnliche Mauer aus, aber in ihrem Innern verbirgt sich ein geheimer Gang, der vom Vatikan zur Engelsburg führt und den zahlreiche Päpste seit dem Mittelalter bei Bedarf als Fluchtweg benutzt haben, um in die schützende Engelsburg zu gelangen.

Passetto di Borgo

Im alten Stadtviertel hinter dem Petersdom befinden sich kleine Lokale und Läden. Manfred blieb immer wieder vor den Auslagen der unzähligen Souvenirläden stehen.

„Unglaublich, was es hier alles zu kaufen gibt!", wunderte er sich und deutete auf das Kunterbunt von kitschigen Tellern, verziert mit Kirchen und Brunnen, neben weissen Gipsstatuetten, Schlüsselanhängern, Heiligenbildern, römischen Helmen und Rosenkränzen.

„Drinnen gibt es auch liturgische Gewänder, Soutanen, Chorhemden, alles was die geistlichen Herren zum Anziehen brauchen", sagte Linda.

Im selben Moment trat ein Mann mit einem Paket unter dem Arm aus dem Geschäft nebenan. Er ging schnell in die entgegengesetzte Richtung und verschwand in einer Seitenstrasse.

„War das nicht Guglielmo, der Ehemann von Adelina?", fragte Linda überrascht.

„Ich glaube kaum, dass er seine Anzüge in diesen Geschäften hier kauft!", lachte Alex. „Gestern war er jedenfalls sehr modisch gekleidet, nicht wie ein schwarzer Rabenvogel in einer Pelerine!"

„Er kam mir auch irgendwie bekannt vor", meinte Manfred zögernd. „Vielleicht eine zufällige Ähnlichkeit."

Sie gingen weiter und gelangten unverhofft, wie früher die Pilger, aus dem engen Gassengewirr direkt in die imposante Säulenhalle, welche den Petersplatz auf beiden Seiten flankiert. Vor ihnen lag plötzlich der riesige, weite Platz, dominiert vom majestätischen Petersdom. Sowohl Kirchen als auch Palastbauten von Geistlichen und Adligen waren nicht nur Prunkbauten, sondern sie verkörperten in der damaligen Zeit immer auch ein politisches Programm.

„Die meisten Besucher des Petersdomes stürmen nach Passieren der Handtaschenkontrolle in die Kirche hinein, um als erstes die Pietà von Michelangelo zu bewundern, zweifellos ein wunderbares Kunstwerk", bemerkte Linda. „Trotzdem ist es bedauerlich, dass die beiden Reiterstatuen in der Vorhalle der Basilika kaum wahrgenommen werden, obwohl ihnen eine wichtige, programmatische Bedeutung zukommt. Rechts vom Eingangsportal am Fuss der Treppe zur Scala Regia steht die Reiterstatue von Kaiser Konstantin, ein Werk von Gian Lorenzo Bernini. Der Legende nach soll Konstantin in der Schlacht an der Milvischen Brücke seinen Mitkaiser Maxentius besiegt haben, weil er „im Zeichen des Christentums" gekämpft haben soll! Dies soll Konstantin dazu veranlasst haben, dass er mit seiner toleranten Religionspolitik im 4. Jahrhundert den Christen die Kultfreiheit zugesichert hat, was die Voraussetzung für den Beginn des Christentums als Staatsreligion bedeutete. Der Reiter wendet daher seinen Blick melodramatisch nach oben, wo ihm während des Kampfes das Kreuz und die Worte *in hoc signo vinces* (in diesem Zeichen wirst du siegen) erschienen sein sollen. Die Scala Regia führt direkt zu den Gemächern des Papstes, also zum Mittelpunkt der katholischen Macht, für die Kaiser Konstantin den Weg bereite hat."

Statue des Kaisers Konstantin von Gian Lorenzo Bernini

„Auf der linken Seite des Eingangs zum Dom ist das zweite Reiterstandbild mit Karl dem Grossen zu sehen. Er wurde am Weihnachtstag des Jahres 800 zum ersten Kaiser des Heiligen Römischen Reiches gekrönt."

Karl der Grosse

„Diese zwei Persönlichkeiten schufen in religiöser und in politischer Hinsicht die Voraussetzungen dafür, dass sich die römisch-katholische Kirche überhaupt entfalten konnte", nahm Linda nach einer kurzen Pause ihre Erläuterungen wieder auf. „Die beiden bedeutungsvollen Reiter stehen unbeachtet in der Vorhalle neben dem Eingang zum Petersdom und kaum jemand nimmt zur Kenntnis, dass die Statuen den Eingang der Kirche in einer doppelten Hinsicht rahmen, einerseits physisch als Statuen zu beiden Seiten des Eingangs zum Petersdom, andrerseits aber auch programmatisch als Wegbereiter der katholischen Autorität. Ohne die beiden hätte die christliche Kirche nie die Macht erreicht, welche ihr bis heute zukommt."

„Unglaublich, was Sie alles wissen!", bemerkte Manfred bewundernd. „Schade, dass der eine hinter Gitterstäben versteckt und der andere durch eine Glasscheibe abgeschirmt wird. Es scheint, dass heute kaum noch jemand die tiefere Bedeutung der beiden Statuen kennt. Aber mit diesem Hintergrundwissen macht der Besuch von Kirchen richtig Spass!"

Linda lächelte geschmeichelt und ging mit den beiden in die Kirche hinein. Es herrschte ein grosses Gedränge wie auf einem Bazar. Der Baldachin über dem Grab des Apostels Petrus, getragen von riesigen, gewundenen Säulen aus Bronze, wurde von fotografierenden Touristen belagert. Linda zeigte auf ein kleines Detail, das von niemandem beachtet wurde.

„Der Baldachin und die Säulen sind ebenfalls ein Werk des Barockkünstlers Bernini. Er war nicht nur ein Genie, er hatte auch Sinn für Humor. Auf dem Sockel einer der kunstvoll gedrehten Bronzesäulen hat er einen bronzenen Rosenkranz verewigt, wie zufällig hingelegt oder von einem Priester vergessen! Aber auch dieses Bronzewerk ist nicht nur kunstvoller Schmuck der Kirche, sondern es beinhaltet wie die beiden Reiterstatuen am Eingang eine politische Aussage, welche nur für Eingeweihte sichtbar wird."

Bronzener Säulenschaft und Plinthe mit einem *vergessenen* Rosenkranz

„Der Baldachin wird zuoberst von einer Weltkugel gekrönt und darüber ragt ein Kreuz in die Höhe. Nicht nur der Sockel, auf dem der Globus steht, ist mit Bienen geschmückt, auch die Sockel unter den vier Säulen sind alle mit Bienen verziert. Die Bienen sind die Wappentiere der Familie Barberini und Kardinal Barberini wurde zu Papst Urban VIII. Er war der Auftraggeber dieses riesigen Bronzewerks im Petersdom. Überträgt man diese Bildsprache in

Worte, besagt dies, dass die ganze Welt vom Christentum bekrönt wird und auf einem Sockel liegt."

Baldachin mit Weltkugel und Kreuz

Wappen der Familie Barberini mit Bienen

„Wer aber ist der Sockel der Christenheit? Niemand anders als Papst Urban VIII. aus der Familie der Barberini. Eine selbstbewusste und feinsinnige Aussage des damaligen Papstes. Was früher das Wappen einer mächtigen Familie war, ist heute das Logo einer Firma. Wirtschaft und Politik lagen in den früheren Jahrhunderten vornehmlich in den Händen einflussreicher Familien, heute sind es vor allem globale Unternehmen, welche diese Geschicke beeinflussen."

„Diese berechnenden Aussagen in den Kunstwerken der bedeutendsten christlichen Kirche sind äusserst spannend", bemerkte Manfred. „Unter diesen Aspekten erhält die Kunst eine neue Dimension. Die Werke sind nicht einfach nur schön, sondern es handelt sich dabei um politische Manifeste in Bildsprache."

„Das ist das faszinierende an der Kunst", meinte Linda. „Zu jener Zeit konnten die wenigsten lesen und schreiben, daher verwendeten die Herrscher die Bildsprache mit suggestiver Wirkung. Schauen Sie sich um, die Figuren dort drüben in den Nischen rund um das Ziborium, es sind Riesenstatuen mit den Gebärden von tragischen Schauspielern. Auch hier, selbst in der heiligsten Kirch der Stadt, präsentiert sich das barocke Welttheater. Rom war zu jener Zeit eine riesige Weltbühne und die Theatralik macht auch nicht oder schon gar nicht Halt vor dieser Kirche. Betrachten Sie zum Beispiel Longinus, er war der Hauptmann, der Jesus die Lanze in die Seite gestossen und damit seinen Tod beschleunigt hat. Er war ein Mörder im obrigkeitlichen Dienst. Aber hier in der Kirche wird er als überlebensgrosse Statue wie ein griechischer Held verehrt!"

„Die katholische Kirche ist auch gegenüber anderen Verbrechen oft auf beiden Augen blind", meinte Alex sarkastisch.

Linda nickte. „Solche Ausschmückungen und auch der üppige Reichtum, der in einer solchen Kirche zur Schau gestellt wird, gehört zum pathetischen Weltbild der barocken Zeit. Und über den Helden des irdischen Theaters schweben hoch oben Himmelsboten mit den Passionssymbolen. Dies ist die Zeit des Barocks! Die Heiligen werden verehrt und gefeiert und mit ihnen die Päpste und andere Kirchenleute, und sie feiern sich natürlich auch selber und inszenieren sich in Statuen und Bauwerken. Auch die Prozessionen wurden damals von theatralischen Darbietungen begleitet und machten damit den geheiligten Stoff zu einem fesselnden Spektakel mit Lichterglanz, Feuerwerk und aufgestellten Triumphbögen, wo Festzüge, Reiter, Kutschen und Karnevalszüge hindurchzogen!"

Linda machte eine Pause und der Magen von Alex knurrte laut und deutlich in die Stille hinein.

Statue des heiligen Longinus von Gian Lorenzo Bernini
im Petersdom

„Alex! Schon wieder hungrig!", lachte Linda. „Wir gehen gleich essen, aber vorher muss ich euch unbedingt noch mein Lieblingswerk von Bernini zeigen, nur ganz kurz. Es ist gleich hier drüben, das Grabmal von Papst Alexander VII. Er war der Sohn eines Bankiers aus Siena."

Grabmal Alexander VII. von Gian Lorenzo Bernini
im Petersdom

„Ist es nicht herrlich! Das Grabmal mit der mächtigen Statue von Papst Alexander VII. befindet sich in einer Nische über einer Türe. Diese Türe hätte ein Hindernis sein können. Aber was macht Bernini, er integriert die Türe in seine Komposition mit ein und deutet mit ihr den Eingang in die Unterwelt an. Das Tor zur Unterwelt ist mit einem Sargtuch aus rötlichem, sizilischem Jaspis bedeckt, ein wertvoller Stein. Unter dem Sargtuch taucht aus der Tür ein Skelett aus goldfarbener Bronze auf, der Tod! Er hebt das Tuch hinauf und bedeckt gleichzeitig sein Haupt damit, was natürlich die Theatralik der ganzen Szene unterstreicht. Seine Knochenfüsse stehen auf dem Türpfosten und mit der dürren Hand streckt er das Stundenglas empor und deutet damit an, dass für den Papst die Zeit abgelaufen ist."

„Auch wieder bewegtes Welttheater!", rief Manfred ergriffen. „Einfach phantastisch!"

Nach dieser kunsthistorischen Erkundungsreise freuten sich Linda, Alex und Manfred nicht nur auf ein üppiges Mittagessen, sondern auch auf die Einladung am Abend im Hause von Guglielmo und Adelina.

Der Tod mit Stundenglas
Grabmal Alexander VII. von Gian Lorenzo Bernini
im Petersdom

V.

Die drei Freunde fuhren am Abend gemeinsam mit einem Taxi zur Via Sicilia. Ein Hausangestellter öffnete den Gästen die Türe und führte sie in den grossen Salon. Rund vierzig Personen waren auserwählt, um die neusten Attituden von Adelina zu bewundern. Amadeo und Domenico standen neben einem langen Tisch, auf welchem jede Menge von Köstlichkeiten aufgereiht war. Als alle Gäste eingetroffen waren, verdunkelte sich der hintere Teil des weitläufigen Salons und es erklang die h-Moll-Messe von Johann Sebastian Bach. Eine feierliche Atmosphäre entstand, die Scheinwerfer wurden eingeschaltet und fielen auf Adelina, welche in bauschigem Gewand als verzückte Ludovica Albertoni auf einer Kline ruhte. Die Statue der seligen Franziskanernonne Ludovica in der Kirche San Francesco a Ripa in Trastevere war die Lieblingspose von Adelina. Ludovica, eine römische Adelige und Witwe, welche Nonne geworden war, liegt in jener Kirche in mystischer Erregung in wild gebauschtem Gewand unter einem imposanten Gemälde mit Maria mit Kind und der Heiligen Anna. Der Kopf der verzückten Ludovica sinkt auf ein gesticktes Kissen aus Marmor, die Augen sind halb geschlossen und dem geöffneten Mund scheint ein leises Stöhnen zu entweichen.

Statue der Ludovica Albertoni von Gian Lorenzo Bernini
in der Kirche San Franceso a Ripa

Die Selige presst erregt ihren Zeigfinger auf die
rechte Brustwarze, und dieser Griff nach der Brust wird in
der Kunstgeschichte als übliche Geste der Barmherzigkeit
gedeutet, als Moment, da Ludovica mit ihrer Brust symbo-
lisch ein Kind nährt. Auch die Ekstase kurz vor ihrem Tod
durch eine Zwiesprache mit Gott wird darin gesehen, wo-
bei ihr Herz vor *göttlicher* Liebe brennen soll. Plötzlich
gab Adelina ein leises Stöhnen von sich. Sogleich verstummte die Bachmesse und Leonard Cohens Song *dance
me to the end of love* setzte ein und Adelina stöhnte lauter.
Obwohl die meisten der Anwesenden diese Darbietung bereits einmal gesehen hatten, applaudierten vor allem die
Männer frenetisch. Die Frauen warfen ihren Ehegatten
missbilligende Blicke zu. Diese liessen sich aber nicht be-
irren und spendeten noch lauteren Beifall. Adelina setzte
sich schliesslich auf und lächelte geschmeichelt.

„Keine Bange, meine Damen und Herren, ich
weiss, dass Sie diese Attitude bereits kennen", sagte sie.

„Auf Wunsch meines geliebten Gatten Guglielmo werde ich in Kürze ein weitere Kunstwerk von Gian Lorenzo Bernini darstellen, welches Sie garantiert noch nie gesehen haben. Es handelt sich um ein Werk in der Kirche Sankt Peter, aber mehr verrate ich nicht!"

Die Scheinwerfer erloschen und Adelina verschwand in der Dunkelheit.

Die Gesellschaft unterhielt sich, trank Weisswein und tat sich an den Leckerbissen an der langen, weiss gedeckten Tafel gütlich. Linda erkannte Marlena, die rundliche Frau, welche am Abend zuvor im Club Cesare Borgia ihre Bridgepartnerin gewesen war und zweimal den Pik König in ihren Karten gehabt hatte. Sie begrüssten sich und Marlena erzählte Linda, dass sie Ärztin war und Guglielmo und seine Familie seit langer Zeit kannte. Ihre Eltern waren schon vor ihrer Geburt mit den Eltern von Guglielmo befreundet gewesen. Auch die Ferien hatten die beiden Familien öfters zusammen verbracht.

Nach einer halben Stunde verdunkelte sich das Wohnzimmer wiederum und es trat Stille ein.

„Meine Damen und Herren", ertönte die Stimme von Guglielmo über ein Mikrophon, „Sie werden nun das berühmte Grabmal Papst Urbans VIII. sehen, welches im Petersdom steht. Wer anders als der gefeierte Künstler Gian Lorenzo Bernini wurde vom Papst persönlich mit der Erschaffung dieses Kunstwerks betraut. Urban VIII. konnte im Jahre 1626 die neue Peterskirche einweihen und wie Sie alle natürlich wissen, war Bernini sein bevorzugter Bildhauer."

Grabmal von Papst Urban VIII. von Gian Lorenzo Bernini
im Petersdom

Das Grabmal von Urban VIII. steht im Petersdom in einer Nische zwischen zwei Säulen und kann nur aus einer grossen Entfernung betrachtet werden. Auf einem reich dekorierten Sarkophag sitzt ein geflügeltes Skelett, die Figur des Todes. In den Händen hält der Tod ein grosses Buch, in welches er die Namen jener Päpste schreibt, die er mit seiner Sense niedergemäht hat. Rechts und links davon stehen zwei Frauenfiguren und symbolisieren die Gerechtigkeit und die Amtsgewalt. Über diesem Ensemble erhebt sich ein marmorner Sockel, auf dem wie ein Herrscher die kolossale Sitzstatue des Papstes Urban VIII. thront.

Die anwesenden Gäste blickten sich verwundert an, erstens, weil bisher noch nie Guglielmo selber eine Attitude angekündigt hatte, und zweitens, weil ein solches Denkmal absolut nicht den Rollen entsprach, in die Adelina bisher jeweils geschlüpft war. Adelina als Papst Urban VIII.? Das konnte sich niemand so richtig vorstellen.

Wiederum setzte die h-Moll-Messe von Johann Sebastian Bach ein und die Scheinwerfer wurden eingeschaltet. Auf dem Kaminsims sass Kater Cappuccino und blickte verwundert in das plötzliche, grelle Licht. Vor dem Kamin stand eine Kline mit Adelina, gehüllt in ein weisses Tuch mit aufgemaltem Gerippe und einer Totenkopfmaske über dem Gesicht. Rechts und links von ihr hockten die beiden Perserkatzen auf Podesten und schauten neugierig in die Menschenmenge. Die Gäste trauten ihren Augen nicht. Kater Cappuccino als Papst Urban VIII. und zwei Perserkatzen als Gerechtigkeit und Amtsgewalt! Eine Persiflage auf das Grabmal des berühmten Papstes! Ein leises Raunen ging durch die Menge. Die hübsche Katze Cleopatra – alias Amtsgewalt – begann aufmerksam ihren Bauch zu lecken und streckte dabei alle vier Pfoten den verdutzten Gästen entgegen. Kater Cappuccino – alias

Papst Urban VIII. – hatte sich nun an das grelle Licht gewöhnt und kratzte sich hingebungsvoll mit der Hinterpfote unter dem Kinn. Zwar war er ein gepflegter Kater und hatte in seinem bisherigen Leben noch nie einen Floh gesehen, aber ein bestimmter Punkt unter seinem Kinn juckte fürchterlich. Persephone hingegen – alias Gerechtigkeit – langweilte sich. Sie gähnte und zeigte dabei ihr schneeweisses Gebiss mit den vier scharfen Eckzähnen. Daraufhin streckte sie sich und vollführte einen perfekten Sonnengruss, so als würde sie täglich den Yogaunterricht für Katzen besuchen.

Nun ergriff Adelina, alias Tod, mit graziöser Bewegung das grosse Buch, in welches der Tod die Namen der verstorbenen Päpste geschrieben hatte. Sie öffnete es und der Name von Papst Gregor XV., welcher vor Papst Urban VIII. verstorben war, stand in grossen, goldenen Lettern auf dem Papier. Adelina lächelte unter ihrer Maske ins Publikum. Dann blätterte sie langsam die Seite um. Nun sollte der Name von Papst Urban VIII. erscheinen, dessen Grabmal hier zur Schau stand. Wie gebannt starrte Adelina auf die geöffnete Seite, zögerte zwei kurze Sekunden und stiess dann einen gellenden Schrei aus. Cappuccino zucke zusammen und sprang erschrocken vom Kaminsims auf ihren Schoss hinunter. Von dort machte er einen Satz auf den Boden, rannte zwischen den Beinen der verdutzten Gäste hindurch und versuchte sich unter einem Leopardenfell in der Ecke des Salons zu verstecken. Die beiden Perserkatzen waren ebenfalls aufgeschreckt und liefen hinter dem Kater her.

Kater Cappuccino

„Hier steht Marlena", flüsterte Adelina und blickte hilflos in die Scheinwerfer. Amadeo, der in der vordersten Reihe stand, hatte ihre Worte gehört. Er trat zu Adelina heran und beugte sich über das Buch.

„Marlena", las er mit gut hörbarer Stimme. „Das ist aber ein übler Scherz", fügte er hinzu.

Marlena stand ebenfalls in der Nähe und kam heran. „Was ist mit mir?", fragte sie neugierig.

„Dein Name steht im Totenbuch", bemerkte Amadeo mit leisem Spott in der Stimme.

"Was soll das?", wandte sich Marlena an Adelina. „Findest du das lustig?", fragte sie gereizt.

„Ich weiss wirklich nicht, warum dein Name hier steht", stammelte Adelina verstört und blickte von einem zum andern. Nach einem kurzen Moment des Zögerns warf sie entschlossen das Buch auf den Boden und riss die Totenkopfmaske vom Gesicht. Sie raffte das Leintuch mit dem aufgemalten Skelett um sich, hastete an den erstaunten Gästen vorbei und verschwand in einem anderen Zimmer.

„Was ist hier los?", rief Guglielmo und kam nun auch zu den ratlos herumstehenden Gästen hinzu. Er hatte sich im Nebenraum aufgehalten und von dort die Musikeinlagen geleitet.

Amadeo hob das Buch vom Boden auf und hielt Guglielmo die Seite mit dem Namen von Marlena unter die Nase. Er schaute ihm forschend in die Augen. Guglielmo nahm ihm das Buch aus der Hand, klappte es zu und drehte sich zur Gästeschar.

„Liebe Freunde, offenbar hat es ein kleines Missgeschick gegeben, ich bitte um Verzeihung. Aber lassen wir uns die gute Laune nicht verderben, es gibt noch jede Menge Wein. Stossen wir auf Adelina an, welche uns wieder einmal brillant mit ihren Attituden unterhalten hat."

Ein Angestellter kam mit einem Tablett Gläsern herbei und bot sie den noch immer verdutzten Gästen an. Guglielmo ergriff ein Glas und rief „Viva Adelina!"

Amadeo grinste und tat dasselbe und auch die übrigen Gäste stimmten ein. Nur Marlena stand nachdenklich daneben und mochte nicht mehr so richtig mitfeiern.

Plötzlich tauchte Adelina wieder auf, nun in einem hautengen schwarzen Kleid, geschmückt mit einer grossen Rose aus Opal.

„Du musst noch keine Trauer tragen", spottete Amadeo, „Marlena weilt noch immer unter uns!"

„Du bist geschmacklos, Amadeo", erwiderte Adelina. „Wirklich Marlena, ich habe keine Ahnung, wie das passieren konnte. Das Zimmer mit den Requisiten war offen, jeder konnte da hineingehen.

Marlena lachte verkrampft und versuchte ihren Ärger zu unterdrücken. „Wer ist eigentlich dieser Kardinal, den du eingeladen hast?", fragte sie.

„Welcher Kardinal? Ich habe keinen Kardinal eingeladen."

„Domenico hat sich vorher mit ihm unterhalten, im Moment sehe ich ihn nirgends."

„Domenico!", rief Marlena, „wer ist dieser Kardinal, mit dem du eben gesprochen hast?"

Domenico kam heran und fragte erstaunt: „welcher Kardinal?"

„Du hast dich vorher mit ihm unterhalten."

Domenico biss in eine Teigtasche mit Spinatfüllung und verschluckte sich. Er hustete lange. Nachdem er sich erholt hatte, antwortete er, „Ich kenne ihn nicht, er hat sich über die Persiflage auf das Denkmal von Urban VIII. aufgeregt und ist dann weggegangen."

Amadeo schaute ihn skeptisch an, hielt aber seinen Kommentar zurück.

„Sie waren bezaubernd!", seufzte Manfred. „Und Sie sind bestimmt hungrig nach all diesen Anstrengungen und der unvorhergesehenen Aufregung. Darf ich Ihnen ein Lachsbrötchen bringen?" Manfred ergriff den Arm von Adelina und führte sie zum Buffet.

„Na ja, so bezaubernd wie ein Skelett eben sein kann!", bemerkte Adelina. „Es war die Idee von Guglielmo, er wollte unbedingt, dass ich das Grabmal von Urban VIII. darstelle. Sonst interessiert er sich nicht besonders für meine Attituden, aber diesmal war es ihm wichtig."

Linda und Alex gingen in den Garten hinaus.

„Merkwürdiger Vorfall", bemerke Alex nachdenklich und kratzte sich wie zuvor Kater Cappuccino, zwar nicht am Kinn, sondern an seinem kahlen Kopf.

„Ja, eigenartig", bestätigte Linda. „Gestern hatte Marlena zwei Pik Könige in ihrem Kartenspiel und heute steht ihr Name im Totenbuch der Päpste."

„Und auch die Bemerkung von Amadeo zu Adelina war unpassend, als sie in dem schwarzen Kleid hereinkam. Das Kleid steht ihr übrigens ausgezeichnet!"

Glaubst du, sie führen im Club etwas gegen Marlena im Schild?", fragte Linda unsicher.

„Keine Ahnung, dafür kennen wir weder die Hintergründe noch den Filz in diesem Club. Ist nicht unsere Angelegenheit!" Alex war entschlossen, nicht wieder Detektiv zu spielen. Die Ereignisse auf ihrer letzten Bridgereise mit dem Mord an der Gefährtin von Manfred und dem merkwürdigen Keller mit Kunstgegenständen, den er damals entdeckt hatte, hatten ihn noch lange Zeit beschäftigt. Diesmal wollte er die Bridgereise einfach nur geniessen.

Riesige Hortensienbüsche säumten einen schmalen Weg durch den grosszügigen Garten und führten zu einer Steinbank an der Rückseite des Hauses. Eine Eidechse klebte mit gespreizten Zehen an der warmen Hauswand und starrte mit ihren runden Augen zu den beiden ungebetenen Gästen. Ruckartig flitzte sie die Wand hinauf und versteckte sich zwischen den Blättern einer Clematis. Hinter einem Mauervorsprung vernahmen Linda und Alex Stimmen. Die beiden blieben stehen und lauschten.

„Bist du eigentlich verrückt, warum schleppst du diesen Kerl zu diesem Fest?" Amadeo schäumte vor Wut.

„Ich weiss nicht, warum er hier war", versuchte ihn Domenico zu beschwichtigen. „Ich habe ihn nicht eingeladen."

„Erzähl keinen Unsinn. Du weisst genau, mir ist es egal, was du mit ihm treibst, aber an gesellschaftliche Anlässe kannst du ihn nicht mitbringen."

Noch bevor Domenico antwortete, flüsterte Alex: „Komm Linda, wir gehen zurück."

Schnell gingen die beiden in die andere Richtung und verschwanden zwischen den Hortensien.

*****

Marlena verliess das Haus früher als die übrigen Gäste und fuhr mit ihrem Fiat Punto durch das nächtliche Rom. Die Kupplung ruckte ein wenig und Marlena löste das Problem mit Zwischengas, bevor sie in den höheren Gang hinaufschaltete. Sie drehte das Radio an und liess die CD mit Opernarien vom Tenor Vittorio Grigolo erklingen. Seine Musik beruhigte sie. Sie hatte eine längere Fahrt vor sich zur anderen Seite der Stadt. Marlena wohnte an der Via Unione Sovjetica im ehemaligen Villagio Olympico. Sie hatte die Wohnung von ihrem Mann geerbt, er war Kommunist gewesen. Das olympische Dorf war für die Teilnehmer der Olympischen Sommerspiele von 1960 auf dem Campo Parioli errichtet worden. Als die olympischen Spiele vorbei waren, konnten italienische Staatsbeamte in die Wohnungen einziehen. Der Vater ihres verstorbenen Mannes erhielt eine der Wohnungen und Marlenas Mann verbrachte dort seine Kindheit. Weil sein Vater die Wohnung gekauft hatte, konnte der Sohn sie später übernehmen, obwohl er nie für den Staat gearbeitet hatte. Als Kommunist fand er es schick, an der Via Unione Sovjetica zu wohnen. Die Sportler der Sowjetunion gewannen damals 43 Goldmedaillen, insgesamt 103 Medaillen mit Silber und Bronze. Die Vereinigten Staaten kamen lediglich auf 71

Medaillen und dies, obwohl die sowjetischen Spieler am Tage vor der Eröffnung nicht am Gottesdienst auf dem Petersplatz teilnahmen, wo Papst Johannes XXIII. allen Teilnehmern der Olympischen Spiele seinen Segen erteilte. Wahrscheinlich waren die russischen Athleten bereits damals auf staatliche Verordnung hin gedopt und diese Wirkung war effizienter als der päpstliche Segen.

Der Vorfall im Haus von Adelina beunruhigte Marlena. Zuerst im Bridgeclub der doppelte Pik König in ihren Karten und heute ihr Name im Totenbuch der verstorbenen Päpste. Sollten diese Vorfälle eine Drohung sein? Bei den Bridgekarten konnte es sich noch um ein dummes Versehen handeln. Aber ihr Name im Totenbuch war kein Zufall. Wer hatte ihren Namen dort hineingeschrieben? Adelina wohl kaum, sie wirkte sehr verwirrt. Auch Guglielmo kam dafür nicht in Frage, warum sollte er die Veranstaltung seiner Frau torpedieren? Unter den Gästen im Haus von Guglielmo und Adelina befand sich ein Kardinal. Steckte am Ende der Vatikan dahinter? Verschiedene Personen wussten, dass sie einer Loge angehörte, welche den Malteserorden unterstützte. Dieser hatte zum Ärger der erzkonservativen Bischöfe in Burma Kondome verteilt. Marlena kannte den Grossmeister des Ritterordens persönlich. Aber das war doch kaum ein Grund für eine Todesdrohung? Und was ging dies überhaupt die Kirche an? Der Malteserorden war zwar ein katholischer Orden, trotzdem genoss er den völkerrechtlichen Status eines souveränen Staates. Marlena überlegte weiter, wer etwas gegen sie haben könnte und ihr schaden wollte. Ging es vielleicht um die Abtreibungen? Ihre liberale Haltung Abtreibungen gegenüber war in der Geburtsabteilung des Krankenhauses der Heiligen Familie kein Geheimnis, aber nur ein sehr kleiner

Kreis wusste davon. Und auch von den Geschäften der Rettungssanitäter wusste kaum jemand. Die Patienten waren ohnehin todkrank. Die Sanitäter beschleunigten den Sterbevorgang lediglich mit Hilfe von Luftinjektionen, welche die Durchblutung blockierten und dadurch zu Organversagen führten. So konnten sie den Hinterbliebenen eine Bestattungsfirma empfehlen und kassierten von der Mafia Schmiergelder. Die Bestattungsfirmen waren allesamt in der Hand der ehrbaren Familie. Auch für Marlena fiel dabei etwas ab, allerdings war es nicht der Rede wert. Ausserdem gab es eh zu viele Menschen auf diesem Planeten, und auch andere Ärzte im Spital handhaben alles genauso. Marlena beschloss, am nächsten Tag den Grossmeister anzurufen, vielleicht wusste der etwas.

Als sie in ihrer Wohnung angelangt war, liess sie als Erstes ein warmes Bad einlaufen. Sie streute Meersalz mit Salbei ins Wasser, stellte ein Glas Kamillentee auf den runden Hocker neben der Wanne und wollte sich in das entspannende warme Wasser gleiten lassen, als das Telefon klingelte. Wer ruft mich mitten in der Nacht an, fragte sie sich. Sie zog sich den Frotteemantel über, schlurfte ins Schlafzimmer zum Telefonapparat und hob den Hörer ab. In der Leitung knackte es, dann war ein Stöhnen zu hören, danach legte der Anrufer auf. „Wer ist am Apparat?", schrie sie, aber die Leitung war tot, niemand antwortete. Marlena begann am ganzen Leib zu zittern und setzte sich erschöpft aufs Bett. Ihre Gedanken kreisten wirr in ihrem Kopf herum. Wer bedrohte sie? Warum? Hatte sie einen Fehler gemacht? Gegenüber der Mafia hatte sie sich immer korrekt verhalten. Die Kirche? Persönliche Feinde? Eine Geschichte von früher? Marlena versuchte sich zu beruhigen. Sie ging zurück ins Badezimmer und stieg ächzend in die Wanne. Das Wasser schwappte über den Rand, als sie sich setzte. Sie müsste ein paar Kilo abnehmen, dachte sie.

VI.

Manfred hatte sich am nächsten Tag mit Adelina zum Mittagessen verabredet. Sie wollte ihm die Statue der seligen Franziskanernonne Ludovica Albertoni in der Kirche San Francesco a Ripa in Trastevere zeigen, jene Statue also, welche sie am Abend zuvor in ihren Attituden dargestellt hatte. Danach wollten sie in der Trattoria Da Carlone essen. Manfred freute sich darauf und war schon während des Bridgeunterrichts am Morgen ganz kribbelig. Er hatte Adelina schon bei der ersten Begegnung ins Herz geschlossen, wie damals Radka. Allerdings waren die beiden Frauen grundverschieden. Radka war der vernünftige und resolute Typ gewesene. Sie hatte es verstanden, sich durchzusetzen, nicht mit weiblichem Charme, sondern mit einer ausgeprägten Entschlusskraft, welche sie zuweilen ein wenig schroff erscheinen liess. Sie hatte ihn vor einer möglichen Dummheit bewahrt, damals, als ihn sein Partner wegen eines jungen Musikstudenten verlassen hatte. Er war ihr ewig dankbar dafür. Noch heute bewegte es Manfred tief, wenn er an ihren plötzlichen Tod dachte, der nie richtig aufgeklärt worden war. Adelina hingegen war sehr feminin und empfindsam. Sie und er waren zwei verwandte Seelen.

Nach dem Bridgeunterricht erzählte er Linda und Alex von seiner Verabredung mit Adelina und fragte, ob sie auch mitkommen möchten. Linda versicherte ihm, dass sie Alex das Antico Caffè Greco zeigen wolle, wo sich seit dem 18. Jahrhundert berühmte Persönlichkeiten wie Casanova, Goethe und viele andere Künstler und Intellektuelle an den runden Marmortischen versammelt hatten. Ausserdem wolle Alex dort unbedingt das Gemälde von Angelika Kaufmann sehen, dabei zwinkerte sie Manfred verschmitzt zu. Alex protestierte. Er war ein wenig verlegen wegen der Anspielung auf Casanova und seine Affäre mit jener Angelika aus Mainz während der letzten Bridgereise. Manfred lachte und klopfte ihm beruhigend auf die Schulter.

„Wir haben alle unsere kleineren oder grösseren Laster", beruhigte er ihn. „Ausserdem war die Frau doch ganz attraktiv."

Alex brummelte etwas Unverständliches und gab Linda einen freundschaftlichen Knuff.

Manfred verabschiedete sich daraufhin von den beiden mit der Bemerkung, dass man sich bereits am Nachmittag wieder im Bridgeclub Cesare Borgia sehen werde. Er freute sich auf ein Essen nur zu zweit mit Adelina. Manfred wartete vor dem Hoteleingang. Nach wenigen Minuten kam Adelina in ihrem lilafarbenen Lancia Sport angebraust, hupte und winkte sowohl Manfred als auch dem Portier des Hotels zu. Sie begrüsste Manfred herzlich. Dieser manövrierte sich umständlich in das Fahrzeug hinein. Die Bandscheiben knackten und die Sehnen zerrten. Aber er schaffte es ohne Hexenschuss und er atmete erleichtert auf, als er sich unversehrt auf dem tiefliegenden Sitz neben Adelina wiederfand. Adelina drängelte sich durch die engen Strassen zum Tiber Ufer und fuhr dann dem Fluss entlang nach Trastevere. Manfred fühlte sich neben der attraktiven Frau in dem schnittigen Sportwagen mindestens zehn Jahre jünger und überhäufte sie mit Komplimenten.

Nach einer Viertelstunde erreichten sie die Piazza di San Francesco d'Assisi, einen weiten, ruhigen Platz gesäumt von Häusern mit gelber Fassade. Vor der Kirche stand eine einsame dorische Säule auf einem Sockel, gekrönt von einem Kreuz. Die Säule war einst Teil eines heidnischen Tempels und erhielt durch das Kreuz eine christliche Bestimmung. Auch an der Stelle von heidnischen Tempeln errichteten die Christen oft Kirchen, um die gottlose, heidnische Vergangenheit zu tilgen. Die Fassade der Kirche San Francesco a Ripa war schlicht und unterschied sich nur durch die senkrechte Gliederung der Wand mit Hilfe von Lisenen sowie durch den mittleren Kuppelaufsatz von den zu beiden Seiten angebauten Gebäuden. Adelina parkte auf dem grossen Platz und Manfred bemühte sich, einigermassen elegant aus dem Wagen herauszukommen. Sie schritten an der Säule vorbei und gingen in die Kirche hinein.

Kirche San Francesco a Ripa

Nur wenige Touristen verirren sich an diesen Ort, obwohl sich in der Kirche eine der berühmten Skulpturen von Gian Lorenzo Bernini befindet. Adelina führte Manfred zu einer Kapelle im linken Seitenschiff und blieb vor der heiligen Ludovica stehen.

Ludovica Albertoni von Gian Lorenzo Bernini
in der Kirche San Francesco a Ripa

„Ist sie nicht wundervoll?", flüsterte sie.

Manfred betrachtete das Kunstwerk aufmerksam. Das Kleid der Heiligen, die Oberfläche der Matratze und auch das Kissen waren aus weissem Marmor gebildet und mit der für Bernini typischen Kunstfertigkeit, Stein zu so bearbeiten, als ob es sich um weichen, bewegten Stoff handle.

Unter der Matratze breitete sich in sanften Falten ein gemustertes Tuch aus, diesmal aus farbigem Stein gemeisselt.

„Wunderbar!", antwortete Manfred ergriffen, „einfach wunderbar. Ein unglaubliches Meisterwerk."

Adelina freute sich über seine Begeisterung und beschloss, ihm in den nächsten Tagen sämtliche Statuen von Bernini in Rom zu zeigen. Sie führte ihn in der Kirche herum und erklärte auch die anderen Kunstwerke, die aber nicht an die Grossartigkeit der Ludovica heranreichten.

„Gehen wir essen?", fragte Adelina schliesslich und Manfred nickte begeistert.

Adelina hatte in der Trattoria Da Carlone, direkt gegenüber der Kirche, einen Tisch reserviert. Die beiden wurden sehr herzlich empfangen, denn Adelina war dort ein häufiger Gast. Manfred überliess ihr die Wahl der Speisen und verliess sich ganz auf ihren guten Geschmack, wie er betonte. Sie war geschmeichelt und bestellte hauchdünne, gegrillte Auberginenscheiben mit würziger Tomatensoße aus getrockneten Tomaten als Vorspeise und Ravioli mit einer Ricotta-Artischockenfüllung als Hauptgang, dazu einen Pinot Grigio und eine Karaffe Wasser.

Während den nächsten zwei Stunden erzählten sie einander aus ihrem Leben. Manfred berichtete ihr von seiner Krise, als ihn sein langjähriger Lebensgefährte wegen einem jungen, eingebildeten Musikstudenten verlassen hatte, der ohnehin nur am Geld seines Partners interessiert war. Damals hatte ihn Radka aus seiner Depression herausgeholt, aber im letzten Jahr war sie auf einer Bridgereise ermordet worden. Adelina hörte ihm voller Anteilnahme zu.

Dann sprach sie über ihre Ehe mit Guglielmo. Ihre Schwiegereltern waren nicht glücklich, als sich Guglielmo in sie verliebte. Sie hatten sich für ihren Sohn etwas Besseres gewünscht. Sein Vater nannte sie die *Trattoria-Tochter*, weil ihre Eltern eine kleine Trattoria betrieben. Er fand, sie sei nicht gut genug für Guglielmo. Die Heirat verzögerte sich. Der Vater von Guglielmo geriet ausser sich, als ihm sein Sohn mitteilte, dass er Adelina heiraten wolle. Er widersetzte sich kategorisch einer Verbindung von Guglielmo, Sohn eines Richters des obersten Gerichtshofs, und selber erfolgreicher Anwalt mit besten Zukunftschancen, mit einer *Trattoria-Tochter*. Obwohl Guglielmo bereits Mitte Dreissig war, duckte er sich noch immer vor seinem Vater. Auch seine Mutter aus altem Römer Geschlecht war nicht begeistert, Guglielmo war ihr Liebling. Dann überstürzten sich die Ereignisse. Adelina wurde schwanger. Guglielmos Vater, praktizierender Katholik, bestand auf einer Abtreibung, um die Schande der Familie zu verhindern. Adelina wollte das Kind. Der Vater lenkte ein und bestand darauf, dass sich Adelina in beste ärztliche Hände begab, zu einer Ärztin in einem privaten Krankenhaus, die er persönlich kannte. Die Ärztin diagnostizierte eine Entzündung der Gebärmutterschleimhaut und empfahl einen stationären Aufenthalt, um das Kind nicht zu gefährden. Die Ärztin verordnete entzündungshemmende Medikamente und als diese gemäss ihrer Feststellung nicht genügend wirksam waren, tägliche Injektionen mit einem stärkeren Mittel. Adelina erhielt zudem Beruhigungsmittel und döste die Tage vor sich hin. Am Ende der Woche brachte die Ärztin Adelina und der Familie schonend bei, dass das Kind im Mutterleib nicht mehr lebte. Es war ein Schock für sie und auch für Guglielmo. Sein Vater meinte trocken, nun erübrige sich eine Heirat. Diesmal entrüstete sich Guglielmo und wurde wütend auf seinen Vater. Er versprach Adelina, sie zu heiraten, was er zum Ärger seiner Eltern auch tat.

Manfred ergriff tröstend ihre Hand und fragte: „Und später. Wollten Sie keine Kinder mehr?"

„Doch natürlich", antwortete Adelina, „aber es hat einfach nicht geklappt. Und irgendwann fing Guglielmo damit an, mich zu betrügen. Er hat immer wieder eine neue Freundin, manchmal auch mehrere gleichzeitig. Sie wissen ja, wie das ist, wenn man schon länger verheiratet ist. Aber als Ehefrau schaut man darüber hinweg und tröstet sich mit teuren Geschenken, die man sich selber macht!" Adelina lachte trocken.

Es herrschte eine ruhige, angenehme Atmosphäre im Restaurant, obwohl es gut besucht und alle Tische besetzt waren. Die Kellner waren freundlich und auch der Eigentümer, Michele, schaute persönlich bei jedem Gast vorbei und fragte, ob alles in Ordnung sei. Michele wechselte gerade ein paar freundliche Worte mit Adelina, als direkt vor der grossen Fensterfront des Restaurants zwei Schüsse die friedliche Stimmung durchbrachen. Wie in einem Film, der kurz angehalten wird, stand während vier Sekunden das Leben still. Die Gespräche verstummten wie auf Kommando und Kellner und Gäste erstarrten in ihren Bewegungen. Nach vier Sekunden war der Spuk vorbei. Das Leben ging weiter, als ob nichts geschehen wäre. Die Gäste plauderten wieder, die Kellner bedienten wieder und niemand richtete seine Augen zur Fensterfront, von wo der Blick direkt auf die breite Piazza di San Francesco d'Assisi hinausging.

„Was war das?", flüsterte Manfred erschrocken.

Adelina war kreidebleich. Sie legte beschwichtigend ihre Hand auf seinen Arm und führte das Gespräch mit Michele fort. Sie lächelte wieder und scherzte, bis sich Michele mit grosser Herzlichkeit verabschiedete und zum nächsten Tisch ging, wo ein ihm bekanntes Ehepaar sass.

„Das war nichts", sagte Adelina nun zu Manfred gewandt, „wahrscheinlich der Auspuff eines alten Wagens", und sie fuhr fort mit ihren Erzählungen über ihre Ehe und das Leben mit Guglielmo. Als die beiden schliesslich das Lokal verliessen, standen drei Polizeiwagen an den Strassenecken mit schwer bewaffneten Polizisten darin. Ansonsten war alles ruhig.

„Vermutlich ein Raubüberfall", meinte Adelina wegwerfend, öffnete die Wagentür und stieg ein.

*****

Am Nachmittag fand wieder ein Bridgeturnier im Club Cesare Borgia statt. Diesmal war es bereits
auf 16.00 Uhr angesetzt, es kamen weniger Bridgespieler als am ersten Tag und es gab keinen Apero vor dem Spiel. Domenico war wiederum der Spielleiter. Er hatte ein blaues Auge und wirkte ein wenig verärgert.
„Was ist mit Ihnen geschehen?", fragte Linda besorgt und deutet auf sein verfärbtes Auge.
„Nicht schlimm", antwortete Domenico, „ich bin gestolpert und gegen eine Kante gestossen."
„Waren Sie beim Arzt?"
„Aber nein, das ist lediglich ein Bluterguss, das heilt von selber. Sie spielen heute mit Amadeo und zwar am Tisch 3."

„Aha", bemerkte Linda, „war Marlena mit meinem Spiel nicht zufrieden?"

„Marlena spielt heute nicht. Sie ist noch berufstätig und arbeitet in einem Krankenhaus."

Friedrich trat neben Linda. „Amadeo ist jähzornig", flüsterte er. „Wahrscheinlich hatten die beiden einen Streit."

Linda erinnerte sich an das Gespräch im Garten von Adelinas Haus, welches sie und Alex unfreiwillig belauscht hatten. Die Stimme von Amadeo hatte damals sehr wütend geklungen. Es ging dabei um einen Kardinal. Linda nickte Friedrich zu und ging an ihren Tisch.

Guglielmo fehlte ebenfalls, er musste an diesem Nachmittag einen wichtigen Klienten treffen und war daher nicht abkömmlich. Adelina hatte drauf bestanden, dass sie wieder mit Manfred spielen durfte.

Noch bevor das Bridgeturnier begann, stürzte eine aufgeregte Greta herein, die hagere, ältere Dame, welche am ersten Tag mit Alex gespielt hatte. Sie schwenkte eine Extraausgabe des *Giornale Migliore* in der Luft und rief mit schriller Stimme: „Schon wieder ein grässlicher Skandal!"

Amadeo hielt theatralisch seine Hände auf die Ohren und rief: „Greta, *wir* sind nicht schwerhörig, bitte sprich in normaler Lautstärker!"

Die Bridgespieler ignorierten die freche Bemerkung von Amadeo und scharten sich um Greta. Sie wollten wissen, was in der Zeitung stand. Greta berichtete, dass der bekannte Journalist Enzo Giordano unglaublichen Zusammenhängen von Mafia und Krankentransporten in Italien auf die Spur gekommen war. Verschiedene Rettungssanitäter sollen schwer kranke Patienten im Krankenwagen getötet haben, um Bestattungsunternehmen Aufträge zu verschaffen. Dafür sollen sie von diesen Unternehmen, welche sich unter der Kontrolle der Mafia befinden, Geld kassiert haben. Die Patienten galten als zu krank für weitere Behandlungen in einem Spital und die Sanitäter hatten den Auftrag, diese im Krankenwagen zum Sterben nach Hause zu fahren. Während der Fahrt beschleunigten sie den Sterbevorgang mit tödlichen Luftinjektionen. Die trauernden Verwandten verwiesen sie dann an eine Bestattungsfirma. Gemäss der Liste der Spitäler, für welche die Rettungssanitäter arbeiteten, gehörte auch das Krankenhaus der Heiligen Familie dazu, wo Marlena eine Abteilung leitete.

Linda und Alex warfen sich einen ungläubigen Blick zu.

„Na und, so neu sind diese Erkenntnisse auch wieder nicht", meinte Amadeo sarkastisch. „Auf Sizilien werden bei jedem zweiten Krankentransport solche Injektionen verabreicht."

Linda blickte fragend zu Friedrich.

„Das ist richtig", sagte dieser, „es gab schon früher solche Berichte von Palermo und Umgebung, aber für Rom ist das meines Wissens ein Novum."

„Weil vor diesem lebensmüden Journalisten niemand darüber gesprochen hat", ergänzte Amadeo. „Frag Marlena, sie ist schliesslich an der Quelle."

„Ausnahmsweise hast du Recht, Amadeo, das Krankenhaus von Marlena wird in diesem Artikel auch erwähnt." Greta schwieg betreten.

„Ich wusste nicht, dass die Mafia auch in Rom präsent ist", nahm Alex das Gespräch wieder auf.

„Leider", meinte Amadeo. „Drei Mafiaclans regieren in Ostia, sie morden zwar weniger als die sizilianische Mafia, aber sie haben überall ihre Finger im Spiel. Ostia ist in den vergangenen Jahren immer mehr zu einem Ort des sozialen Niedergangs und der Gesetzlosigkeit geworden. Vor allem jene Gegend, wo einst Pier Paolo Pasolini ermordet wurde, ist trostloses Niemandsland. Hier stehen heruntergekommene Wohnblocks aus den Siebziger- und Achtzigerjahren. Die Mauern und die Wände sind mit Graffitis und Hakenkreuzen verschmiert, Müll liegt in allen Ecken herum. Die Clans widmen sich der Schutzgelderpressung, der Geldwäsche und dem Drogenhandel, und sie bauten auch enge Verbindungen zur 'Ndrangheta, zur Camorra und zur Cosa Nostra auf. Ostia wird auch das neue Corleone genannt, die Hauptstadt der Mafia."

„Ich war heute mit Adelina in Trastevere in einer Trattoria. Direkt vor dem Lokal gab es eine Schiesserei!", berichtete Manfred aufgeregt. „Und als wir herauskamen, wimmelte es von bewaffneten Polizisten."

„Wissen Sie, was passiert ist?", fragte Amadeo.

Manfred schüttelte den Kopf. „Adelina meinte, es sei wahrscheinlich ein Raubüberfall gewesen."

*****

An diesem Morgen hatte Marlena einen anonymen Anruf bekommen. Die Stimme war verzerrt. Der Anrufer drohte ihr mit einem Skandal, falls sie sich nicht kooperativ verhalten werde.

„Und was verlangen Sie von mir?", schrie Marlena verzweifelt in den Apparat.

„Das werden wir Ihnen erklären. Kommen Sie heute Nachmittag nach Neapel. Ich treffe Sie in der Kapelle Sansevero im Untergeschoss um 15.00 Uhr."

„Warum zum Teufel in Neapel?", fragte Marlena aufgebracht.

„Sie stellen keine Fragen", sagte der Mann bestimmt. „Tun Sie, was wir sagen, das ist das Beste für Sie." Es knackte in der Leitung. Der Anrufer hatte aufgelegt.

Marlena fuhr zusammen. Er sprach von „wir". Sie wusste, was dies bedeutete. Es musste sich um die Mafia handeln. Aber warum, fragte sie sich. Sie hatte sich nie mit denen angelegt, war ihnen nie in die Quere gekommen, im Gegenteil, sie hatte mit ihnen zusammengearbeitet. Sie setzte sich an den Küchentisch und rührte in ihrem Kaffee. Es blieb ihr nichts anderes übrig, als nach Neapel zu fahren, überlegte sie, und zu hören, was sie von ihr wollten. Sie beschloss, nicht mit dem Wagen zu fahren, sondern den Zug zu nehmen. Die Kapelle Sansevero befand sich mitten in der Altstadt, wo sollte sie dort parkieren? Nein, der Zug war besser, ausserdem war sie viel zu nervös, um ein Auto zu lenken. Sie musste im Krankenhaus anrufen und sich mit irgendeiner Ausrede abmelden. Übelkeit oder besser Migräne, das hatte sie auch schon gehabt. Sie brauchte eine Stunde mit dem Zug nach Neapel, nicht mehr. Aber sie musste eine Fahrkarte kaufen, meistens wartete man lange vor den Schaltern. Sie würde rechtzeitig zum Bahnhof fahren, damit sie pünktlich in der Kapelle war. Besser sogar etwas früher, damit sie vor denen dort war.

Bereits um 14.45 stand Marlena auf dem Platz vor dem Palast der Familie di Sangro und neben deren Privatkapelle Sansevero, in welcher sich die Grabstätten der Familie befanden. Der 1710 geborene Fürst Raimondo di Sangro war in diesem Palast aufgewachsen. Er war eine aussergewöhnliche Person, Freimaurer, Alchemist und Erfinder zugleich, und er soll im Keller seines Palastes unzählige Experimente durchgeführt haben. Es wird erzählt, dass in der

Nacht farbiger Rauch und merkwürdiger Gestank aus dem Kellerfenster emporstieg, und schon bald soll man ihn einen Hexer genannt haben. Er beherrschte acht Sprachen, auch Sanskrit, Hebräisch und Alt-Griechisch, und er soll einen hauchdünnen, wasserdichten Mantel für König Karl III. erfunden haben, damit dieser während der Jagd nicht nass wurde. Auch eine Eisenlegierung erfand er für leichtere Kanonen mit einer überdurchschnittlichen Reichweite, zudem Kunstseide, künstliches Wachs und eine Druckmaschine, die in der Lage war, mehrere Farben in einem einzigen Druckvorgang zu drucken, und dies alles im 18. Jahrhundert. Aber auch vom Belcanto war er begeistert und liebte die Stimmen der Kastraten. Er suchte junge Knaben mit schöner Stimme, kaufte sie von ihren Eltern, liess sie durch seinen persönlichen Leibarzt kastrieren und danach in Gesang ausbilden. Das 18. Jahrhundert verehrte die Sänger mit den hellen Engelsstimmen. Neapel war zu jener Zeit bekannt dafür, dass in den Waisenhäusern und anderen Anstalten für arme Leute Knaben rekrutiert, für wenig Geld gekauft und vor der Pubertät kastriert wurden. Unter primitiven hygienischen Verhältnissen, ohne Betäubung und ohne Antibiotikum wurde ihnen der Hodensack durchtrennt oder wurden beide Hoden entfernt. Wer die Tortur überlebte, wuchs heran, ohne Testosteron zu produzieren. Die kastrierten Knaben wurden in Gesang ausgebildet und dienten im Kirchendienst, unter anderem auch als päpstliche Sänger im Sixtinischen Kirchenchor, ebenso in Theatern und Opernhäusern. Einige wenige wurden sehr berühmt, aber die meisten von ihnen mussten später ihr Leben in einem unbedeutenden Kirchenchor, als Gaukler oder als Prostituierte verdienen. Ein Grund für diese Praktik war das päpstliche Verbot von weiblichen Sängerinnen. Papst Clemens IX. erließ 1688 sogar ein Verdikt, in dem es hieß: „Keine Weibsperson bei hoher Strafe darf Musik

Eingang zum Palast der Familie di Sangro in Neapel

aus Vorsatz lernen, um sich als Sängerin gebrauchen zu lassen." Die verschnittenen Buben waren daher für die hohen Stimmlagen unentbehrlich. Erst 1903 verbot Papst Pius X. die Beschäftigung von Kastraten in Kirchenchören und 1922 starb Alessandro Moreschi, der letzte Kastrat der päpstlichen Kapelle.

All diese Geschichten gingen Marlena durch den Kopf, als sie vor dem Palast der Familie di Sangro stand und über dem mächtigen Eingangsportal das in Stein gemeisselte Wappen jener Aristokratenfamilie betrachtete, einen geflügelten Drachen über einer Krone und einer Rüstung; darunter hing ein Lamm an einem Kreuz. Langsam ging Marlena zur Grabkapelle neben dem Palast. Sie öffnete die schwere Holztür. Ein beklemmendes Gefühl beschlich sie, als sie ihren massigen Körper in den Sakralraum des Alchemisten und Freimaurers Fürst Raimondo di Sangro hineinschob. Die Kapelle war mit merkwürdigen Skulpturen geschmückt und niemand wusste genau, wie diese Figuren im 18. Jahrhundert hergestellt wurden und was sie bedeuten sollten. In der Mitte der Kapelle liegt eine steinerne Christusfigur auf dem Boden, verhüllt von einem transparenten Schleier ebenfalls aus Stein. Die faltige Matratze, auf der die Figur liegt, und die Kopfkissen, verziert mit Kordeln, alles gearbeitet aus demselben Block, glänzen und wirken gespenstisch real, wie von einer Flüssigkeit übergossen, die sie zu Stein werden liessen. [2] Marlena

_____

[2] Das Fotografieren in der Kapelle Sansevero ist verboten. Im Internet finden sich zahlreiche Bilder vom Innenraum, von den Statuen und von den beiden Menschenskeletten mit Blutbahnen.

schaute sich befremdet um. Sie war fast allein in der Kirche, nur zwei Japaner fotografierten trotz Verbot begeistert die Statue neben dem liegenden Christus. Dargestellt war ein bärtiger Mann, der verzweifelt versuchte, sich aus einem Netz zu befreien. Auch bei dieser Figur glaubt man, sie sei bei lebendigem Leibe in diesem geknoteten Gewebe gefangen und mit Hilfe einer Flüssigkeit versteinert worden. Auf dem Sockel unter der Gestalt las Marlena die Inschrift aus dem Johannes Evangelium:

qui non vident videant

Die Blinden werden sehend werden

Genau wie bei den Freimaurern, dachte Marlena, bei der Einweihung. Zuerst trägt der Suchende eine Augenbinde und ist blind, am Ende der Einweihung wird ihm die Binde abgenommen und er wird sehend. Dieser Raimondo di Sangro war Freimaurer gewesen und in dieser Privatkapelle wimmelte es von freimaurerischen Symbolen. Im 18. Jahrhundert wurden in verschiedenen Städten Italiens Freimaurerlogen gegründet, so auch in Neapel. Raimondo di Sangro war ein führendes Mitglied einer solchen Loge in Neapel, er war Grossmeister, und er soll zudem Mitglied der internationalen Verbindung der Rosenkreuzer gewesen sein. Obwohl Papst Benedikt XIV. ein fortschrittlicher Papst gewesen war und den Bann gegen die Lehre des Nikolaus Kopernikus aufgehoben hatte, die Gründung ausländischer Kulturakademien unterstützte und die Universitäten reformierte, exkommunizierte er dennoch Raimondo di Sangro wegen seiner Mitgliedschaft bei den Freimaurern.

Plötzlich schreckte das Knarren der Eingangstüre Marlena aus ihren Gedanken auf. Sie drückte sich eng an die Wand hinter die Statue der Ehrlichkeit und beobachtete einen Priester in schwarzer Soutane und einem breitkrempigen Hut, welcher die Kapelle betrat. Forschend blickte er sich um. Die Gestalt kam Marlena irgendwie bekannt vor, aber sie konnte sein Gesicht nicht erkennen, denn der Priester hielt den Kopf leicht gesenkt und die Hutkrempe verdeckte es. Wenn dies die Person war, die sie treffen sollte, dann wäre es nicht die Mafia, sondern der Klerus, der etwas von ihr wollte. Schnell verschwand Marlena im seitlichen Durchgang, der zur Treppe in die unterirdische Kammer führte. Mühsam zwängte sie sich die enge Wendeltreppe hinunter, ihr massiger Körper füllte die ganze Breite der Treppe aus. Unten angelangt starrte sie entsetzt auf die beiden Figuren in der Vitrine. Zwei Menschenskelette mit gruseligen Totenschädeln grinsten ihr entgegen. Aber damit nicht genug, die Knochen waren von einem Gewirr konservierter Adern überzogen, sogar die Venen, das Herz und die Eingeweide waren sichtbar. Die beiden Personen sollen das Dienerpaar von Raimondo gewesen sein, an denen er eine seiner Erfindungen ausprobiert hatte. Sein Arzt soll ihnen eine Flüssigkeit gespritzt haben, welche Venen und Arterien metallisierte. So blieb der gesamte Blutkreislauf erhalten und ist auch heute noch zu bestaunen. Neben den Füssen der Frau soll sich früher auch noch ein konservierter Fötus befunden haben, verbunden mit der Nabelschnur zur offenen Plazenta hin. Dieser Fötus machte die Verbindung des Blutkreislaufs mit der Mutter sichtbar, soll aber vor einigen Jahrzehnten gestohlen worden sein. Noch immer starrte Marlena gebannt auf die grauenhaften Figuren, als sie plötzlich einen Stich im linken Arm verspürte. Die Giftspritze wirkte sofort. Marlena begann zu zittern, ihr Blick wurde glasig und die Augen waren weit aufgerissen. Sie bekam kaum Luft. Trotzdem erkannte sie noch die dunklen Umrisse des Priesters mit dem breiten Hut.

„Du?", röchelte sie. Dann wurde ihr schwarz vor den Augen.

Der Geistliche stützte sie und liess sie langsam zu Boden gleiten. An der hinteren Wand stand eine alte, kunstvoll beschlagene Holztruhe. Der Priester schleifte Marlena nach hinten. Ihre Schuhe verursachten ein kratzendes Geräusch auf dem Boden. Unruhig schaute der Priester zur Treppe. Niemand kam herunter. Er öffnete den Deckel der Truhe. Schweissperlen traten auf seine Stirne. Sie ist verdammt schwer, dachte er, und stemmte den reglosen Körper in die Höhe, bis er über dem Rand der Truhe schwebte. Mit äusserster Anstrengung gelang es ihm, den massigen Leib in der Truhe zu versenken. Er keuchte. Er schloss den Deckel und hastete die steile Wendeltreppe hinauf. Oben warteten bereits die beiden Japaner, welche ebenfalls die berühmten Skelette sehen wollten. Der Pater nickte ihnen zu und murmelte ein paar lateinische Worte. Die beiden Asiaten verneigten sich lächelnd vor ihm. Schnell schritt der Priester zum Ausgang und warf noch einen Blick auf das Denkmal über dem Haupteingang für Cecco de Sangro, einen Vorfahren des berühmten Fürsten Raimondo di Sangro. Auf einem steinernen Relief stieg Cecco bewaffnet mit einem Schwert aus einem Sarkophag heraus. Dieser Cecco soll sich während eines Feldzuges zwei Tage in einer Munitionskiste eingesperrt und damit seinen Tod vorgetäuscht haben. Dann sei er plötzlich herausgekommen und habe den Feind besiegt. Marlena wird nie mehr aus der Kiste heraussteigen, dachte der Priester sarkastisch. Er hatte das Gift mit einem Narkotikum vermischt. Bevor sie wieder erwachen könnte, würde sie bereits tot sein, dachte er befriedigt.

VII.

Linda und Alex begannen den nächsten Tag wieder mit einem ausgedehnten Frühstück auf der Dachterrasse des Hotels. Alex nahm gerade das dritte Croissant, als Manfred mühsam die steile Eisentreppe hinaufstieg und zu ihrem Tisch trat.

„Haben Sie die Zeitung gelesen?", fragte er mit düsterer Miene?"

„Bisher noch nicht", antwortete Linda, „gibt es etwas Beunruhigendes?"

„Allerdings. Ich habe Ihnen von der Schiesserei gestern vor der Trattoria Da Carlone in Trastevere erzählt. Das war kein Raubüberfall, sondern eine Hinrichtung. Der Journalist, welcher die Reportage über die Zusammenhänge von Mafia und Krankentransporte geschrieben hat, wurde dort erschossen!"

„Unglaublich", bemerkte Alex. „Sind Sie sicher?"

„Aber natürlich, es steht heute in der Zeitung."

„Nicht nur in Russland, selbst hier werden Journalisten erschossen", meinte Linda besorgt. „Und wer steckt dahinter?"

„Es wird vermutet, dass die Mafia den Mord in Auftrag gegeben hat, da sie in die Geschäfte verstrickt ist und noch weitere Enthüllungen befürchtet. Auch das Krankenhaus, wo jene Marlena arbeitet, wurde wieder erwähnt. Offenbar kooperiert dort die Leitung mit der Mafia."

„Und Marlena wird auch genannt?", fragte Alex neugierig.

„Nein, nicht namentlich."

„Als wir am ersten Tag zusammen Bridge gespielt haben, hat sie mir erzählt, dass sie eine leitende Position im Krankenhaus der Heiligen Familie innehat. Das war an jenem Tag, als sie merkwürdigerweise zwei Karten mit dem Pik König in ihrem Spiel hatte. Und dann, einen Tag später, an der Veranstaltung bei Adelina, stand ihr Name im Totenbuch. Ist das nicht eigenartig?", fragte Linda.

„Das macht beinahe den Anschein, als würde sie bedroht", überlegte Manfred.

„Aber kaum von der Mafia", entgegnete Linda, „es sei denn, sie will aussteigen."

„Haben Sie schon gefrühstückt?", wandte sich Alex an Manfred. „Der Theoriekurs beginnt in zehn Minuten."

„Ich bin früh aufgestanden und habe einen Spaziergang zur Spanischen Treppe gemacht. Und wie Sie gesagt haben, Linda, oben befindet sich am Palazzo Zucchari das Eingangstor, das wir von unserer letzten Bridgereise her kennen. Die Fratze scheint uns auf unseren Reisen zu verfolgen!"

„Solange es nicht auch die Morde tun", bemerkte Linda nachdenklich.

An diesem Nachmittag wollte Adelina Manfred in die Galleria Borghese entführen, um ihm dort die berühmten Skulpturen von Bernini zu zeigen. Er sollte die Statue der Wahrheit sehen, die sie so gerne für eine ihrer Attituden verwendet hätte. Aber Guglielmo hatte es ihr kategorisch verboten, bloss weil die Frau beinahe nackt war. Mit dem linken Fuss steht die Wahrheit auf der Erdkugel und in der rechten Hand hält sie die Sonne. Adelina hatte damals bereits eine Sonne aus goldener Folie gebastelt, alles umsonst. Auch den Raub der Proserpina wollte sie Manfred vorführen, diesen muskulösen, wild entschlossenen Gott der Unterwelt, wie er die sich windende Proserpina hochhebt und seine Hände in ihr weiches Fleisch greifen.[3] Unglaublich, dass es sich dabei um Stein handelt, so realistisch hatte Bernini die harte Materie bearbeitet. Leider kam es nicht zum Besuch in der Galleria Borghese. Adelina hatte an diesem Morgen einen Anruf erhalten von der Oberschwester der Altersresidenz Parco Allegro in Borghesiana. Ihre Schwiegermutter war seit dem Tod von Luigi oft depressiv, und die Schwester bat Adelina, an diesem Nachmittag vorbeizukommen, damit die Patientin ein wenig Abwechslung hätte. Adelina war zwar gar nicht begeistert, aber sie konnte nicht nein sagen. Guglielmo hatte eh keine Zeit, um sich um seine Mutter zu kümmern, daher versprach sie, am Nachmittag zu kommen. Sie rief Manfred an und erklärte ihm die Situation. Er hatte Verständnis, denn er war seiner eigenen Mutter sehr verbunden gewesen. Er machte Adelina den Vorschlag, sie bei ihrem Besuch bei der Schwiegermutter zu begleiten, so konnten sie trotzdem den Nachmittag gemeinsam verbringen. Überglücklich fuhr Adelina am Nachmittag mit ihrem schnittigen Lancia vor das Hotel Imperial und Manfred schaffte den Einstieg in das niedrige Gefährt diesmal schon beinahe problemlos.

„Sie sind ein Engel, dass Sie mitkommen", begrüsste Adelina den strahlenden Manfred.

„Ich freue mich darüber", entgegnete er charmant.

„Meine Schwiegermutter leidet seit einiger Zeit an Depressionen. Ich hoffe, wir können sie ein wenig aufmuntern", erklärte ihm Adelina.

Während der Fahrt bemerkte Manfred, dass Adelina ein wenig bedrückt war. Er fragte sie nach dem Grund

---

[3] In der Galleria Borghese ist das Fotografieren verboten. Fotos der Statuen finden sich im Internet.

und sie erzählte ihm, dass Guglielmo wieder eine alte Freundin getroffen habe.

„Wie kommen Sie darauf?", fragte Manfred teilnahmsvoll.

„Sie erinnern sich, gestern kam er nicht zum Bridgeturnier, weil er angeblich einen wichtigen Klienten treffen musste. Als ich heute Morgen sein Jackett, das er gestern getragen hatte, auslüftete, fand ich eine Fahrkarte nach Neapel in seiner Jackentasche. Also war er nicht bei einem Klienten, sondern verbrachte ein Schäferstündchen bei seiner Geliebten in Neapel, dieser Lügner! Er hatte mir versprochen, dass er sie nicht mehr besuchen würde."

„Vielleicht musste er einen Klienten in Neapel treffen?", beschwichtigte Manfred.

„Wohl kaum, dafür kenne ich meinen Mann zu gut! Aber im richtigen Moment werde ich ihn damit konfrontieren."

„Tun Sie das", stimmte ihr Manfred zu. „Vielleicht war es eine alte Fahrkarte?"

„Ich habe das geprüft, das Datum war von gestern, eine Hin- und Rückfahrkarte."

Manfred lenkte das Gespräch auf die Galleria Borghese und Adelina erzählte ihm bereitwillig von den herausragenden Werken in jenem Museum, bis sie bei der Altersresidenz Parco Allegro ankamen. Adelina parkte den Wagen auf einem der Parkplätze hinter der Residenz. Am Eingang begrüsste sie eine der Betreuerinnen. Sie kannte Adelina und bedankte sich bei ihr, dass sie so schnell zu Besuch kommen konnte.

Als die beiden in den Salon von Hortensia traten, sass diese im Garten auf der Terrasse in einem Lehnstuhl. Adelina küsste ihre Schwiegermutter auf die Wange und stellte ihr Manfred vor. Im ersten Moment war Hortensia überrascht, dass ihre Schwiegertochter mit einem fremden, gutaussehenden Mann bei ihr auftauchte und blickte sie skeptisch an. Adelina erklärte ihr, dass Manfred zur deutschen Bridgegruppe gehörte, welche zurzeit im Club Cesare Borgia spielt. Dies beruhigte Hortensia ein wenig, trotzdem wollte sie mehr über Manfred erfahren. Dieser setzte sich neben Hortensia und begann, ihr von seiner langjährigen platonischen Freundin und Bridgepartnerin Radka zu erzählen, welche vor einem Jahr auf einer Bridgereise vergiftet worden war. Da Adelina die Geschichte bereits kannte, sagte sie, sie würde bei einer Pflegerin Tee und Gebäck bestellen. Sie dachte, so könnte sie auch die Gelegenheit benutzen, um sich bei der Leiterin der Residenz nach dem Gesundheitszustand ihrer Schwiegermutter zu erkundigen.

Sobald Adelina das Zimmer verlassen hatte, seufzte Hortensia.

„Was ist mit Ihnen?", fragte Manfred teilnahmsvoll.

„Mich bedrückt ein düsteres Geheimnis", entgegnete Hortensia. „Es betrifft meine Schwiegertochter und ich bin unschlüssig, ob ich es ihr erzählen soll." Hortensia machte eine Pause. „Wissen Sie, Adelina stammt aus einer einfachen Familie. Ihre Eltern hatten eine Trattoria, nichts Vornehmes, eine Kneipe, wo Arbeiter verkehrten und abends zu viel Wein tranken. Als Guglielmo meinem Mann erzählte, dass er Adelina heiraten wolle, geriet dieser ausser sich und verbot es ihm. Guglielmo blieb stur. Dann wurde Adelina schwanger. Mein Mann wollte, dass sie das Kind abtreibe." Hortensia bekreuzigte sich. „Aber Adelina weigerte sich. Dann verlangte mein Mann, dass sie sich in eine Privatklinik begab, angeblich weil er nun plötzlich das Beste für sie wollte. Das war aber nicht der Grund. Er kannte dort die leitende Ärztin, eine falsche Person, und er bestach sie mit einer grossen Summe Geld, damit sie dafür sorgte, dass das Kind nicht zur Welt kam. Er glaubte noch immer, Guglielmo würde sich dann von Adelina trennen."

Hortensia schwieg eine Weile.

„Ich wusste von alldem nichts. Mein Mann hat es mir kurz vor seinem Tod gebeichtet. Er wollte damit sein Gewissen erleichtern. Ich wurde wütend und habe ihn zum Teufel gewünscht. Adelina konnte danach keine Kinder mehr bekommen und ich wäre gerne Grossmutter geworden, verstehen Sie?"

Manfred nickte.

„Ich schrie damals meinen Mann an, er sei ein Mörder! Er blickte mich traurig an und fiel darauf ins Koma. Nach drei Tagen ist er verstorben. Ich habe weder Guglielmo noch Adelina von seiner Beichte erzählt, aber es belastet mich sehr. Was denken Sie, Manfred, soll ich davon erzählen oder das Geheimnis mit ins Grab nehmen?"

Manfred überlegte. „Manchmal ist es besser, wenn man alte Geschichten ruhen lässt", sagte er. „Man kann die Vergangenheit nicht mehr verändern, vielleicht würden Sie damit alte Wunden aufreissen, die inzwischen verheilt sind."

„Vermutlich haben Sie Recht, Manfred."

In diesem Moment kam Adelina zurück, gefolgt von Dolores, welche ein Tablett mit einer Kanne Tee und einem Schokolade-Cake hereintrug.

„Womit hat Manfred Recht, Mutter?", fragte Adelina.

„Dein charmanter Bridge-Freund hat mit allem Recht", scherzte Hortensia. „Komm setz dich zu uns, wir wollen den köstlichen Cake geniessen."

Adelina freute sich über die gute Laune ihrer Schwiegermutter und lächelte Manfred an. Sie war ihm sehr dankbar, dass es ihm gelungen war, sie aufzuheitern.

Die drei verbrachten einen angenehmen Nachmittag zusammen. Schliesslich mussten Adelina und Manfred aufbrechen, da an diesem Abend eine Opernaufführung in den Caracalla-Thermen stattfand. Hortensia bat die beiden, sie bald wieder zu besuchen, und war untröstlich, als sie hörte, dass Manfred schon bald nach Frankfurt zurückkehren würde. Sie bat ihn, bald wieder einmal nach Rom zu kommen, um Adelina und sie zu besuchen.

*****

An der Opernaufführung in den Caracalla-Thermen nahmen etliche Mitglieder des Bridgeclubs Cesare Borgia teil, daher hatte Friedrich eine ganze Stuhlreihe in der Mitte des Parketts reserviert. Giuseppe Verdis *Rigoletto* stand auf dem Programm und die beleuchteten Überreste der Thermen des römischen Kaisers Caracalla bildeten eine spektakuläre Kulisse für die mit Intrigen gespickte Oper. Auch in der Antike wurde in dem prächtigen Badepalast nicht nur gebadet, man verhandelte, tauschte Klatsch aus, intrigierte und politisierte. Römische Thermen verfügten über mehrere Badebecken mit unterschiedlich warmem und kaltem Wasser, Räume für Schwitz- und Dampfbäder sowie verschiedene weitere Räumlichkeiten. Die Römischen Bürger erfreuten sich nicht nur am Baden, sie vergnügten sich auch in den mit prächtigen Säulen, bunten Marmorböden, stuckverzierten Decken, Statuen, Brunnen und Wandmalereien geschmückten Wandelgängen und Bibliotheken. Im Jahr 537 zerstörten die Goten die Wasserleitung und beendeten damit den luxuriösen Badebetrieb. Später beschädigte ein Erdbeben einen Teil der Gebäude und seit dem 12. Jahrhundert dienten die Thermen als Steinbruch. Im 16. Jahrhundert holte die Familie

Farnese einen Großteil der Marmorausstattung und Skulpturen von dort, um damit den Palazzo Farnese und die Kirche St. Peter auszuschmücken.

„Sind wir vollzählig?", fragte Friedrich und liess seinen Blick prüfend über die Stuhlreihe gleiten.

„Neben mir ist noch ein Platz frei", bemerkte Alex.

„Wer hat sich verspätet?" Friedrich runzelte die Stirn.

„Marlena ist noch nicht da", antwortete Domenico. „Normalerweise ist sie sehr pünktlich."

„Wahrscheinlich hat man sie verhaftet wegen der skandalösen Krankentransporte", spottete Amadeo.

„Hat sie etwas damit zu tun?", fragte Alex interessiert.

„Kaum, aber das Krankenhaus, in welchem sie arbeitet, scheint in den Skandal verwickelt zu sein", entgegnete Domenico.

„Sie hat dort einen leitende Funktion", schaltete sich Guglielmo dazu.

„Ich finde diese Stimmung wundervoll", flüsterte Adelina und berührte den Arm von Manfred. „Es ist, als ob man sich in einer anderen Zeit befände. Unter der Plattform, wo das Orchester Platz genommen hat, befand sich ursprünglich das Caldarium, die Sauna, und hier, wo wir sitzen, haben die alten Römer Wein getrunken und gekochten Schinken an einer Feigensauce gegessen!"

Das Orchester erhob sich, als der Dirigent auf die Bühne trat. Er verneigte sich vor dem Publikum, welches ihn mit frenetischem Applaus begrüsste. Dahinter strahlten die beleuchteten Backsteinmauern der einstigen römischen Thermen. Der dunkle Himmel mit glitzernden Sternen verlieh der Szenerie eine märchenhafte Atmosphäre. Der Dirigent verneigte sich nochmals, hob die Arme und drehte sich zum Orchester. Die ersten Klänge setzten ein und das Publikum verstummte. Selbst die Grillen in den weitläufigen Ruinen hielten für einen Moment mit ihrem schrillen Gezirpe inne, bevor sie wieder einsetzten und das crescendo der Musik kräftig unterstützen. Die Arien von Gilda und Rigoletto tanzten durch die alten Ruinen, streiften die dunklen Pinien und verflogen in der lauen Nachtluft. Das Getöse der Millionenstadt war verschwunden, Verbrechen existierten nicht mehr, Politskandale lösten sich im Nichts auf, nur die wunderbare Musik erfüllte in diesem Augenblick das Dasein und entführte die Zuhörer in eine andere Welt.

Die Aufführung verzauberte alle, nicht nur die deutschen Gäste, welche zum ersten Mal eine Oper in den Caracalla Thermen erlebten. Die beiden Ehepaare aus Hannover waren ganz aus dem Häuschen. Auch Manfred war begeistert und geriet ins Schwärmen. Adelina freute sich über seinen Enthusiasmus und am Ende der Aufführung schlug sie vor, diesen wunderbaren Abend auf der Piazza Navona ausklingen zu lassen. Diese üppige, barocke Anlage mit dem Vier-Ströme-Brunnen von Bernini betrachtete sie als genau den richtigen Ort dafür. Nicht nur Manfred, auch Linda und Alex waren von dem Vorschlag begeistert und Amadeo und Domenico beschlossen zusammen mit Adelina und Guglielmo die Gäste auf die Piazza Navona zu begleiten. Der Andrang auf die nächtlichen Taxis war nach dem Ende der Aufführung riesig, aber Amadeo kämpfte sich geschickt durch die wartende Menge und brachte mit dem nötigen Kleingeld zwei Taxifahrer dazu, aus der Warteschlange auszubrechen und sie an der nächsten Häuserecke einsteigen zu lassen.

„Er war schon immer ein Schlitzohr", raunte Guglielmo Linda ins Ohr und kicherte.

Linda sass eingequetscht zwischen Alex und Guglielmo, Amadeo sass vorne neben dem Fahrer. Adelina, Manfred und Domenico teilten sich das zweite Taxi. Es war Mitternacht, als sie auf der Piazza Navona ankamen, aber niemand beachtete die späte Uhrzeit. Alle Restaurants waren noch geöffnet und Menschenmengen flanierten auf der Piazza in dieser milden Nacht. Dieser langgestreckte Platz in der Form des alten Stadions, wo die Römer Sportwettkämpfe und andere Veranstaltungen durchführten, verfiel nach der Blütezeit des Römischen Reiches. Auf den Ruinen, welche das Stadion säumten, wurden Häuser aufgebaut, wodurch die Piazza Navona entstand. Bis ins 19. Jahrhundert wurden hier Karnevalsumzüge abgehalten und der Platz wurde sogar mit Wasser gefüllt und zum Vergnügen der Zuschauer fanden im Wasser Wagenrennen statt. Der zentrale Blickfang ist der imposante Vier-Ströme-Brunnen in der Mitte des Platzes, den der Bildhauer Gian Lorenzo Bernini im Auftrag von Papst Innozenz X. um die Mitte des 17. Jahrhunderts geschaffen hat.

„Gehen wir ins Tre Scalini", schlug Domenico vor. „Ich kenne da einen Kellner, der gibt uns sicher einen schönen Tisch."

Amadeo musterte Domenico von der Seite. „Woher kennst du ihn?", fragte er halblaut.

„Alte Geschichte", beruhigte dieser seinen eifersüchtigen Partner und ging schnell ins Restaurant hinein. Nach kurzer Zeit kam er mit einem jungen, attraktiven Kellner zurück, welcher die Gruppe zu einem Tisch mit bester Sicht auf den Vier-Ströme-Brunnen geleitete.

Vier-Ströme-Brunnen auf der Piazza Navona

Das 17. Jahrhundert war eine Zeit von sozialen Konflikten, Kriegen und Religionskämpfen, gleichzeitig aber auch die Epoche von Pathos und Pomp. Die weltlichen Herrscher, wie etwa Ludwig XIV. in Frankreich, inszenierten sich genauso wie die geistlichen Herrscher, die Päpste, in Italien. In dieser Zeit wurden rauschende Feste gefeiert, Opern, Ballettaufführungen und Feuerwerke erlebten einen glanzvollen Aufschwung, aber auch Heiligenfeste, Prozessionen und Jahrmärkte wurden vom einfachen Volk auf offener Strasse gefeiert. In dieser Zeit wird auch der Städtebau mit theatralischer Inszenierung in der Architektur immer wichtiger. Dabei werden in grossartig komponierten Platzanlagen Architektur und Skulpturen miteinander verbunden, aufeinander bezogen und bilden damit grossartige und eindrucksvolle barocke Gesamtkunstwerke. Die Tradition der Brunnenkunst gibt es seit der Antike. In der Renaissance bekommen monumentale Brunnenanlagen wieder eine Bedeutung und in der barocken Zeit erreichen sie ihren künstlerischen Höhepunkt. Ein Meisterwerk von Gian Lorenzo Bernini ist der Vier-Ströme-Brunnen auf der Piazza Navona. Aus einem riesigen Becken, gefüllt mit dem Urelement Wasser, ragen Felsen in die Höhe, die in der Mitte zusammenkommen und einen alles überragenden ägyptischen Obelisken tragen. Auf diesen kantigen Felsen liegen und sitzen vier kolossale Figuren. Es sind vier Flussgötter, welche vier Kontinente repräsentieren. Jeder Flussgott hat ein entsprechendes Attribut, welches auf den Erdteil hinweist, der Ganges steht für Asien, die Donau für Europa, der Rio della Plata für Amerika und der Nil für Afrika. Seit der Renaissance ist die Welt grösser geworden. Columbus entdeckte die neue Welt, und auch Afrika und Asien waren greifbarer geworden. Der Brunnen mit dem fliessenden Wasser symbolisiert auch die ständigen Veränderungen des Lebens und die Vergänglichkeit, ein Thema das für die ganze barocke Kunst zentral ist und ebenso in Darstellungen von Stillleben und Totentanz zum Ausdruck kommt. Im Barock mit all seinem Prunk ist das Leben eine Bühne, auf welcher sich das grosse Welttheater abspielt.

Die dramatischen Silhouetten von Felsen und Göttern waren für Bernini aber noch nicht genug. Er ging noch weiter und setzte zuoberst auf die Felsen einen hohen ägyptischen Obelisken. Der Obelisk ist das Symbol der Strahlen der Sonne und zugleich des Sonnengottes *Sol*, welcher nicht nur in Ägypten als *Re* oder *Ra* verehrt wurde, sondern auch als *Sol* in der römischen Zeit. Ägypten wurde 30 v.Chr. von den Römern erobert und zu einer römischen Provinz gemacht. Die Eroberer brachten zahlreiche ägyptische Obelisken nach Rom. Dies war schon damals eine Demonstration der Sieger und ihrer Überlegenheit. Kunstraub kennen auch wir bis in die jüngste Vergangenheit. In der Antike war dies ein völlig normaler Vorgang. Als die Römer im 2. Jahrhundert v.Chr. Griechenland eroberten, räumten sie die griechischen Heiligtümer leer und schafften unzählige griechische Statuen und andere Kunstwerke nach Rom.

Zuoberst auf dem Obelisk sitzt eine Taube mit einem Ölzweig. Die Taube steht in der christlichen Symbolik für den heiligen Geist. Eine Taube mit einem Ölzweig im Schnabel weist auf jene Taube hin, die Noah aus seiner Arche fliegen liess und die mit einem Ölzweig im Schnabel zu ihm zurückkehrte. In diesem Ölzweig sah Noah das Zeichen der Versöhnung, das ihm Gott nach der Sintflut zukommen ließ.

„Der Vier-Ströme-Brunnen gilt als Meisterwerk Berninis und die Art und Weise, wie dieser Brunnen den freien Raum des Platzes gliedert und den Platz beherrscht, ist nie übertroffen worden", sagte Adelina und liess ihren Blick über die sinnlichen Körper der beleuchteten Flussgötter gleiten.

„Ein einmaliges Kunstwerk!", pflichtete ihr Manfred enthusiastisch bei.

Der Nil als Symbol für Afrika

Der Ganges als Symbol für Asien

„Weiss jemand, warum Marlena nicht zur Opern-aufführung gekommen ist?", unterbrach Guglielmo die Schwärmereien seiner Frau. „Ich dachte, sie sei eine be-geisterte Opernliebhaberin."

„Ich versuchte sie auf ihrem Handy zu erreichen", antwortete Domenico. „Aber es ging niemand ran. Auch im Krankenhaus habe ich angerufen, es wäre ja möglich, dass sie zu einer Notfallbehandlung gehen musste. Aber auch dort war sie nicht. Man sagte mir, sie sei für die nächs-ten Tage krankgeschrieben."

„Denkt ihr, sie hat etwas mit den Krankentrans-portgeschichten zu tun?", wandte sich Guglielmo an Amadeo und Domenico.

Die beiden zuckten mit den Achseln.

„Möglich ist alles", meinte Amadeo. „Die Mafia hat überall die Finger mit im Spiel, und wer nicht mit-macht, kriegt Ärger."

„Arbeitete Marlena schon lange in diesem Kran-kenhaus?", fragte Linda.

„Seit einer Ewigkeit!" antwortete Domenico. „Kurz nach Abschluss ihres Medizinstudiums ist sie dort eingetreten. Ihre Eltern hatten irgendwelche Beziehun-gen."

In diesem Moment brachte der Kellner eine riesige Platte mit verschiedenen Bruschette. Nicht nur die übli-chen Bruschette mit Tomatenmark, auch solche mit Oli-venpaste, Artischockencreme, Thunfisch, Avocado und Lachs-Tatar. Zudem einen Teller mit Parmaschinken, Me-lonenschnitzen und Parmesanstücken.

„Ein richtig römisches Gelage!", staunte Manfred. Er erhob sein Glas und dankte mit einer witzigen und ge-konnten Ansprache auch im Namen von Linda und Alex für die aussergewöhnlichen Tage, welche sie mit den römi-schen Bridgespielern erleben durften.

„Sie sollten etwas singen", sagte Linda am Schluss seiner Rede, „wie damals in unseren Bridgeferien in Deutschland. Manfred ist nämlich ein ausgezeichneter Sänger", wandte sie sich an die anderen, "er singt und spielt Theater!"

„Bitte singen Sie etwas für mich!", rief Adelina.

„*Azzuro* von Adriano Celentano!"

„Nur wenn Sie auch mitsingen!"

Adelina liess sich nicht zweimal bitten und stimmte sogleich das Lied an. Auch Amadeo und Domenico sangen kräftig mit und Linda bemerkte, wie Domenico zärtlich über die Hand von Amadeo strich.

„Hoffentlich gibt es heute Nacht kein blaues Auge", flüsterte sie Alex zu.

VIII.

Am Freitagnachmittag fand für die deutschen Gäste das letzte Bridgespiel im Club Cesare Borgia statt. Wieder wurde vor dem Turnier Prosecco offeriert und sowohl die Clubmitglieder als auch die deutschen Gäste unterhielten sich angeregt.

„Marlena ist noch immer nicht da", bemerkte Amadeo verärgert. „Ich werde sie anrufen. Diese Unpünktlichkeit und das Nichterscheinen ohne Entschuldigung treibt mich in den Wahnsinn! Gestern ist sie auch ohne Erklärung der Opernaufführung ferngeblieben."

Domenico rollte mit den Augen und wandte sich den Turnierunterlagen zu.

Amadeo holte sein iPhone hervor und wählte die Nummer von Marlena. Nach längerer Zeit meldete sich endlich eine männliche Stimme:

„Hallo?"

„Amadeo am Apparat. Ich möchte mit Marlena sprechen."

„Mit Marlena?"

„Ja, natürlich, das ist die Nummer von Marlena Rizzo, warum geht sie nicht selber ran?"

„Was möchten Sie von Marlena?"

Amadeo wurde ungehalten. „Das geht Sie überhaupt nichts an, geben Sie mir Marlena."

„Leider kann sie nicht ans Telefon kommen. Bitte sagen Sie mir, wer Sie sind und was Sie von Marlena möchten."

„Das ist unerhört!", rief Amadeo. „Marlena ist bei uns im Bridgeclub für das Turnier gemeldet und ist noch immer nicht erschienen. Sie kann nicht einfach fern bleiben, ohne sich abzumelden!"

„Ich fürchte, Marlena kann nicht zum Turnier kommen." Der Mann machte eine Pause. „ Sie ist verstorben."

„Verstorben! Sie meinen, Sie ist tot?"

„Leider ja."

„Wer sind Sie überhaupt?"

„Kommissar Fontana, Neapel."

„Wie? Ein Kommissar in Neapel? Was ist geschehen?"

„Sind Sie verwandt mit der Verstorbenen?"

„Nein, natürlich nicht. Ich bin der Clubpräsident im Bridgeclub Cesare Borgia in Rom."

„Aha. Wenn Sie nicht mit der Verstorbenen verwandt sind, darf ich Ihnen leider keine Auskunft geben. Wissen Sie, ob die Tote Angehörige hatte? Einen Ehemann oder Kinder?"

„Ihr Mann ist vor einigen Jahren verstorben. Kinder hatte sie keine."

„Könnten Sie die Tote allenfalls identifizieren?"

„Identifizieren? Ja sicher. Aber warum ich?"

„Sie kennen sie offenbar. Schon lange?"

„Seit, was weiss ich, zwanzig Jahren. Aber warum benutzen Sie das iPhone der Verstorbenen?"

„Es wurde bei ihr gefunden. Als es klingelte, habe ich den Anruf entgegengenommen."

„Ist Marlena verunglückt?"

„Nun, wir gehen von einem Verbrechen aus. Könnten Sie morgen für die Identifizierung nach Neapel kommen? Am Nachmittag? Ich schicke Ihnen die Adresse auf Ihre iPhone-Nummer. Wie war Ihr Name?"

„Amadeo Marchetti. Ich werde kommen", sagte Amadeo mit trockener Stimme und legte auf.

Es war totenstill im Bridgeclub. Alle Anwesenden hatten den Worten von Amadeo zugehört.

„Was ist geschehen?", fragte Domenico.

„Marlena ist tot. Ein Kommissar in Neapel war am Apparat. Er sagte, er gehe von einem Verbrechen aus."

„Ein Verbrechen? Im Zusammenhang mit den Rettungssanitätern?", fragte Guglielmo.

„Er hat mir keine weiteren Auskünfte gegeben, weil ich nicht mit Marlena verwandt bin."

„Warum war sie in Neapel?", fragte Domenico.

„Neapel scheint plötzlich eine beliebte Destination zu sein!", wunderte sich Adelina und warf Manfred einen verschwörerischen Blick zu.

Manfred schaute nachdenklich zu Guglielmo. Dieser verzog keine Miene und nahm einen Schluck von dem Glas Prosecco, welches er noch immer in der Hand hielt.

Amadeo trat einen Schritt hervor und bat um Ruhe. „Wir wissen zwar nicht genau, was geschehen ist, wir wissen nur, dass Marlena verstorben ist. Ich bitte euch daher, in einer Schweigeminute unseres Clubmitgliedes Marlena zu gedenken."

Die Anwesenden verstummten, erhoben sich und senkten die Blicke. Manfred stand neben Guglielmo. Dieser trat nervös von einem Fuss auf den anderen. Er hatte die Bemerkung von Adelina gehört. Nach der Schweigeminute standen die Bridgespieler ratlos im Raum.

„Ich hole eine Flasche Grappa", durchbrach Domenico das betretene Schweigen der Bridgespieler. „Ich denke, wir alle können einen Schluck gebrauchen."

Er ging in einen anderen Raum und kam mit einem Tablett mit kleinen Gläsern und einer Flasche Grappa zurück. Adelina half ihm und die beiden füllten die Gläser.

Die Spieler rückten die Bridgetische zusammen und setzten sich. An ein Turnier war in dieser Situation nicht zu denken.

„Schon wieder ein Todesfall", flüsterte Linda und schaute besorgt zu Alex.

Er nickte. „Es war deine Idee, nach Rom zu fahren."

„Glauben Sie, dass es sich um eine Angelegenheit der Mafia handelt?", wandte sich Manfred an Adelina.

„Ich habe keine Ahnung", entgegnete sie unsicher. „Ich wusste auch nichts von diesen Krankentransporten, Marlena hat nie etwas davon erzählt."

„Natürlich nicht", meinte Amadeo, „über solche Dinge spricht man nicht."

„Denkst du, sie wusste davon?", fragte Adelina.

„Ich weiss es nicht, aber immerhin leitete sie eine Abteilung in dem Krankenhaus. Vielleicht hat sie auch nur beide Augen zugedrückt."

„Aber warum wurde sie dann ermordet?" fragte Linda.

„Wir wissen noch nicht, wer sie getötet hat", antwortete Amadeo.

„Aber es sieht schon nach Mafia aus", schaltete sich Guglielmo dazu.

„Warum meinst du?", fragte Amadeo.

„Zuerst die Geschichte mit dem Journalisten und jetzt ist auch Marlena tot. Glaubst du nicht, dass da ein Zusammenhang besteht?"

„Möglich. Aber der Vorfall in deinem Haus war auch merkwürdig, mit ihrem Namen im Totenbuch. Hattest du jemand von der Mafia eingeladen?" Amadeo grinste.

„Bist du verrückt!", empörte sich Guglielmo. „Was hat das damit zu tun. Das war wohl eher ein übler Scherz."

„Wer macht solche Scherze?", fragte Domenico.

„Woher soll ich das wissen", sagte Guglielmo ärgerlich. „Jeder der Anwesenden kam dafür in Frage."

„Irgendwie klang dies schon nach einer Drohung", warf Alex ein.

„Rückblickend betrachtet könnte es eine Drohung gewesen sein", sagte Amadeo. „Aber von wem?"

„Vielleicht hat der Klerus damit zu tun", überlegte Guglielmo. „Da war doch so ein Kardinal in meinem Haus, den ich nicht eingeladen hatte und den niemand kannte."

„Vergiss den Kardinal", entgegnete Amadeo gereizt.

„Erwähn bloss nichts von diesem Vorfall in meinem Hause beim Inspektor in Neapel", bemerkte Guglielmo besorgt. „Sonst will die Polizei womöglich alle meine Gäste vernehmen! Ich glaube eh nicht, dass jener Scherz in einem Zusammenhang mit dem Tod von Marlena steht."

„Keine Angst, die wollen nur, dass ich sie identifiziere, nicht dass ich auch noch den Mord aufkläre", beruhigte ihn Amadeo. „Warten wir einmal den morgigen Tag ab, bevor wir weiter spekulieren, vielleicht wissen wir dann mehr. Ich werde euch morgen Abend informieren, wenn ihr wollt. Kommt am Abend in den Club und ich werde euch alles berichten, was ich in Neapel erfahren habe. Das Turnier lassen wir bleiben, ich denke nicht, dass irgendjemand jetzt noch Bridge spielen möchte."

Linda, Alex und Manfred gingen zu Fuss zum Hotel zurück. Es war warm draussen und Italiener und Touristen flanierten durch die engen Altstadtgassen. Die Leute lachten und scherzten, aber die drei gingen schweigend durch die Strassen. Sie kamen zur Via Condotti und blieben vor dem Caffè Greco stehen.

„Trinken wir einen Kaffee?", fragte Alex

Linda und Manfred stimmten zu und sie betraten das elegante Kaffee, welches einst von einem Griechen gegründet worden war und in dem neben Goethe auch Heine, Schopenhauer, Baudelaire, Wagner und viele andere Dichter und Denker ein und ausgegangen waren. Sie setzten sich auf roten Plüschstühlen an einen der runden Marmortische und bestellten bei einem der schwarzbefrackten Keller Kaffee.

„Was denkt ihr", fragte Alex, „ist jemand vom Bridgeclub in den Tod von Marlena verstrickt?"

„Glaubst du das?", fragte Linda.

„Zuerst hatte Marlena zwei Pik Könige in ihrem Kartenspiel und Guglielmo machte die Bemerkung, das würde Unglück bringen. Dann folgte die Aufführung im

Haus von Adelina und Guglielmo und der Name von Marlena stand im Totenbuch. Ist das wirklich alles Zufall?"

„Eine undurchsichtige Geschichte", Manfred schüttelte den Kopf. „Denken Sie, Guglielmo hat damit zu tun?", fragte Manfred zögernd.

„Kaum, es war Amadeo, welcher merkwürdige Bemerkungen machte", wandte Linda ein. „Als der Name von Marlena in jenem Buch stand hat er ihren Namen laut vorgelesen und dies in sehr hämischem Ton. Und als Adelina in einem schwarzen Kleid erschien, spottete er wieder und sagte etwas von Trauerkleidung und Marlena sei noch lebendig."

„Mag sein", meinte Alex, „aber zu viel Gewicht würde ich diesen Bemerkungen nicht geben. Ich glaube, es ist seine Art, ein wenig zu sticheln."

„Vielleicht, aber auch im Club, als sich Marlena bei Domenico wegen den zwei Pik Königen beschwerte, meinte er giftig, sie solle selber keine Fehler machen", insistierte Linda.

„Möglicherweise haben die beiden Beziehungen zur Mafia", bemerkte Manfred. „Cesare Borgia hat auch intrigiert und gemordet, vielleicht trägt der Bridgeclub nicht zufällig diesen Namen!"

„Dann sollten wir uns nicht weiter damit befassen", warnte Linda. „Bitte keine Nachforschungen, Alex, ich will diesmal die Bridgeferien ruhig zu Ende bringen. Es ist zwar traurig, dass die Frau tot ist, aber wir haben sie kaum gekannt und so überaus sympathisch war sie auch wieder nicht."

„Du hast wie immer Recht, Linda!", bestätigte Alex. „Eigentlich geht uns das Ganze nichts an, das ist entweder eine interne Angelegenheit des Clubs oder der italienischen Verhältnisse überhaupt!"

Nachdem die drei den wohlschmeckenden Espresso getrunken und das verspielte Interieur des alten Künstlerkaffees mit den unzähligen goldumrahmten Bildern gewürdigt hatten, gingen sie ins Hotel zurück. Linda machte es sich mit einem Buch in einem Sessel auf dem Dachgarten bequem, Alex ging auf sein Zimmer, um mit seiner Sekretärin zu skypen und Manfred machte noch einen kleinen Spaziergang entlang des Tibers.

Caffè Greco

IX.

Am Samstagmorgen fand zum letzten Mal der Theorieunterricht statt. Friedrich fasste nochmals alles zusammen, was sie in den vergangenen Tagen gelernt hatten. Der Nachmittag stand zur freien Verfügung und um 18.00 Uhr ging die ganze Gruppe in den Bridgeclub Cesare Borgia, um zu hören, was Amadeo in Neapel über den Tod von Marlena erfahren hatte. Domenico begrüsste sie und führte sie in ein elegantes Wohnzimmer mit Fauteuils und Kanapees, wo bereits zahlreiche Clubmitglieder sassen. Die Stimmung war gedrückt und auch ein wenig angespannt. Man wartete ungeduldig darauf, dass Amadeo über sein Treffen mit dem Kommissar in Neapel berichten würde. Schliesslich kam Amadeo herein und begann zu erzählen.

Marlena war mit einem gefährlichen Nervengift geradezu *hingerichtet* worden. Die Gerichtsmedizin hatte einen Einstich am linken Oberarm entdeckt. Zudem war das Nervengift mit einem Betäubungsmittel vermischt worden. Noch bevor Marlena starb, musste sie das Bewusstsein verloren haben. Das Ganze hatte sich im Untergeschoss der Cappella Sansevero in Neapel ereignet. Die Täterschaft schleifte den betäubten oder bereits leblosen Körper zu einer Truhe im hinteren Teil des Raumes und versteckte ihn darin. Gemäss gerichtsmedizinischer Untersuchung musste der Tod am Donnerstagnachmittag eingetreten sein. Am Abend reinigte die Putzfrau die Böden in der Kapelle. Als sie daran war, das Untergeschoss sauber zu machen, hörte sie einen Klingelton in der Truhe. Sie wunderte sich darüber und öffnete den Deckel. Dabei entdeckte sie die Frau und rief die Polizei. Zu jenem Zeitpunkt war Marlena bereits tot.

Ein entsetztes Raunen der Zuhörer durchbrach die Totenstille im Wohnzimmer, einige der anwesenden Frauen schluchzten. Domenico holte schnell eine Flasche Amaro, einen italienischen Kräuterlikör, aber bevor er einschenken konnte, sagte Amadeo ärgerlich, er sei noch nicht fertig mit seinem Bericht. Domenico setzte sich gehorsam wieder hin, behielt aber die Flasche in Reichweite.

Die Nachforschungen der Polizei hätten ergeben, dass sich an jenem Nachmittag nur sehr wenige Besucher in der Kapelle aufgehalten hatten. Da sich die Kapelle noch immer im Privatbesitz befindet, muss jeder Besucher am Eingang ein Ticket kaufen. Fotografieren ist in allen Räumen verboten. Die Ticketverkäuferin erinnerte sich, dass an jenem Nachmittag zwei Japaner eine Eintrittskarte gelöste hatten. Etwas später kaufte Marlena ein Ticket und kurz danach ein Priester. Es war bisher unmöglich, die beiden Japaner ausfindig zu machen, da Neapel ein beliebtes Ziel für japanische Touristen ist und alle Japaner für den westlichen Betrachter mehr oder weniger gleich aussehen. Die Beschreibung der Ticketverkäuferin brachte die Polizei daher nicht weiter. Auch den Priester konnte sie kaum beschreiben, da er einen Hut mit einer breiten Krempe trug, welche sein Gesicht stark verdeckte. Sie sagte lediglich, dass er eine schwarze Robe trug und nicht besonders gross war. Aber auch diese Angaben halfen der Polizei wenig.

Amadeo machte eine Pause.

„Ich erzählte dann der Polizei", fuhr er fort, „dass Marlena eine leitende Funktion im Krankenhaus der Heiligen Familie in Rom hatte und dass dieses Krankenhaus in den letzten Tagen wegen den Zusammenhängen von Mafia und Krankentransporten in die Schlagzeilen geraten sei.

Der Kommissar wusste darüber Bescheid und er stimmte mir zu, dass es sich um eine Tat der Mafia handeln könnte. Dafür spreche auch das Nervengift, welches bei dem Anschlag verwendet worden war. Allerdings meinte er, es sei ungewöhnlich, dass sich der Killer als Priester verkleidet hatte. Dies sei in Mafiakreisen nicht üblich."

„Vielleicht war es ein richtiger Priester und das Ganze geht aufs Konto der Kirche", wandte Guglielmo ein. „Marlena leitete die Geburtenabteilung und diese war bekannt dafür, dass sie Abtreibungen sehr grosszügig handhabe. Möglicherweise war dies der Kirche ein Dorn im Auge."

„Aber die bringen doch nicht jemanden einfach so um!", entrüstete sich Domenico.

„Bist du dir da so sicher?", entgegnete Guglielmo.

„An jenem Abend bei euch zu Hause, als Adelina die Attituden inszenierte und der Name im Totenbuch erschien, da war auch ein Kardinal anwesend", bemerkte Friedrich. „Dieser soll sich über die Darstellung des Grabes von Urban VIII. aufgeregt haben. Wer war das?"

„Ich habe keine Ahnung", sagte Guglielmo, wir hatten ihn nicht eingeladen.

Amadeo und Domenico schwiegen und Linda hob die Augenbrauen, sagte aber auch nichts.

„Ich denke, es ist nun Zeit für einen Amaro", meinte Amadeo, „oder möchte jemand lieber einen Grappa?"

Domenico erhob sich und bewirtete die Clubmitglieder mit Amaro und Grappa. Er holte noch Teller mit Salzgebäck dazu, damit die erschütterten Gäste auch etwas zu kauen hatten. Die Erwägungen und Mutmassungen gingen weiter und zogen sich in die Länge. Die beiden Ehepaare aus Hannover konnten der italienischen Unterhaltung nur bedingt folgen und wurden langsam etwas ungeduldig. Friedrich bemerkte es und stand auf. Er bedankte sich im Namen seiner deutschen Gäste für den wunderbaren Aufenthalt im Bridgeclub Cesare Borgia, welcher leider durch den schlimmen Tod von Marlena überschattet worden sei. Er gab seiner Hoffnung Ausdruck, dass der Fall vollständig aufgeklärt werde und die Schuldigen zur Rechenschaft gezogen würden, was von den anwesenden Italienern allerdings kaum erwartet wurde. Dann verabschiedete sich die deutsche Bridgegesellschaft und ging zurück zu ihrem Hotel. Manfred versprach Adelina, dass er sie morgen vor seiner Abreise noch anrufen würde.

Auch Adelina und Guglielmo verliessen den Club und fuhren nach Hause. Guglielmo war schweigsam. Adelina bereitete das Abendessen zu und sie setzten sich an den grossen Tisch im Esszimmer. Wenn hier noch zwei Kinder und fünf Enkelkinder sitzen würden, wäre es ein perfekter Samstagabend, dachte Adelina. Sie stellte die beiden Teller mit der Vorspeise auf den Tisch und setzte sich Guglielmo gegenüber. Er füllte die Gläser mit Weisswein.

„Was hast du in Neapel gemacht?", fragte Adelina unvermittelt.

Guglielmo wurde blass. „Woher weisst du es?"

„Ich fand die Fahrkarte in deiner Jackentasche."

„Ach so", erwiderte er erleichtert.

„Ist das alles, was du darauf sagen kannst!"

Guglielmo nahm einen Schluck Wein. Langsam stellte er das Glas zurück auf den Tisch. „Ich habe es für uns getan, Adelina", flüsterte er.

„Du hast deine alte Freundin für uns besucht! Was soll dieser Quatsch!", schrie Adelina. Ihre Stimme überschlug sich.

Guglielmo schaute sie verwirrt an. „Welche Freundin?" fragte er.

„Du hast mir versprochen, dass du sie nicht mehr siehst", zeterte Adelina. „Und was machst du? Du fährst ihretwegen wieder nach Neapel, mitten am Nachmittag!"

Guglielmo verstand nun, was seine Frau meinte. Er zögerte einen Augenblick. Sollte er es dabei belassen? Er entschied sich anders.

„Nein, Adelina, ich habe sie nicht besucht. Ich habe mich mit Marlena getroffen."

Adelina schaute ihren Mann verblüfft an. „Mit Marlena? Warum mit Marlena?"

„Sie hatte sich damals mit meinem Vater verschworen und in seinem Auftrag unser Kind umgebracht. Er hatte ihr nicht nur viel Geld gegeben, er hatte ihr auch versprochen, dass ich sie dann heiraten würde. Ich weiss nicht, was er sich dabei gedacht hat, ich hatte nie Interesse an der ehrgeizigen Marlena!" Guglielmo machte eine Pause.

„Vor einem Monat hast du mir erzählt, meine Mutter hätte eine Bemerkung gemacht, dass mein Vater am Tod unseres Kindes schuld sei. Ich habe mich gefragt, warum meine Mutter so etwas über meinen Vater sagt. Ich wurde misstrauisch und habe daraufhin seine Akten durchstöbert und sein Tagebuch gefunden. Darin hatte er alles aufgezeichnet." Guglielmo schwieg einen Moment. Dann murmelte er leise, „Ich habe es für uns getan, Cara."

„Du hast es für uns getan", wiederholte Adelina langsam die Worte von Guglielmo. Allmählich begriff sie, was er meinte. Sie stand auf und nahm ihren Mann in die Arme.

„Eigentlich hätte dein Vater die Strafe verdient", murmelte sie leise.

Abenddämmerung in Rom

X.

Einige Monate später erschien im *Giornale Migliore* folgender Artikel:

Abtreibung und Kinderraub
Skandal in einem römischen Krankenhaus

Im Juli erschütterte der Mord an Marlena Rizzo in der Kapelle Sansevero in Neapel ganz Italien. Bereits damals wurde ein Zusammenhang mit der römischen Mafia vermutet. Marlena Rizzo war Chefärztin in der Geburtenabteilung des Krankenhauses der Heiligen Familie. Jenes Krankenhaus war in den Skandal mit Krankentransporten verwickelt, in dem Rettungssanitäter schwerkranke Patienten im Krankenwagen getötet haben, um Bestattungsunternehmen Aufträge zu verschaffen. Diese Unternehmen befanden sich in der Hand der Mafia.

Im Laufe der Untersuchungen stellte sich heraus, dass die Chefärztin illegale Abtreibungen förderte - und damit nicht genug, sie war auch in den Skandal mit illegalen Adoptionen von Säuglingen verwickelt. Sie stahl jungen Müttern ihre Neugeborenen und verkaufte sie, ebenfalls unter Mithilfe der Mafia, an kinderlose Ehepaare. Kurz nach der Geburt nahm sie den Müttern wegen medizinischen Problemen ihre Kinder weg. Danach teilte sie ihnen mit, das Kind sei gestorben. Sie zeigte den traurigen

Müttern ein in Tücher gehülltes Neugeborenes und sagte, sie sollten es zum Abschied küssen. Eine der Mütter berichtete, dass das Kind eiskalt war. Polizeiliche Ermittlungen ergaben, dass es sich dabei um einen toten Säugling handelte, welcher in einer Tiefkühltruhe aufbewahrt wurde und als Beweis für den Tod der Kinder diente.

Auch wenn der Mord an Marlena Rizzo bisher nicht aufgeklärt wurde, so konnte doch durch die bisherigen Untersuchungen dem illegalen und grausamen Geschäft mit Abtreibungen und Kinderraub der Riegel geschoben werden. Eine makabre Parallele stellt zudem der Fundort der Toten dar. Sie wurde im Untergeschoss der Kapelle Sansevero gefunden, und zwar dort, wo sich die Skelette des Dienerpaars von Raimondo di Sangro befinden, an welchen dieser eine seiner Erfindungen ausprobiert hatte. Er soll ihnen bei lebendigem Leibe eine Injektion mit einer metallisierenden Flüssigkeit verabreicht haben, welche Adern, Herz und Eingeweide konservierten. Neben der Frau lag früher auch noch ein konservierter Embryo, der aber vor Jahren gestohlen wurde. Wie diesem Fötus wurde auch im Krankenhaus der Ermordeten bei Abtreibungen unzähligen Kindern das Leben genommen und andere wurden ihren Müttern gestohlen. Der oder die Mörder von Marlena Rizzo mussten all diese Tatsachen gekannt haben, nur so lässt sich dieser symbolträchtige Ort der Ermordung erklären.

Ein weiterer merkwürdiger Umstand besteht darin, dass die Tote Mitglied einer Freimaurerloge war. Auch Raimondo di Sangro war Freimaurer und in der Kapelle sind die freimaurerischen Symbole unübersehbar.

Handelt es sich also tatsächlich um einen Akt der Mafia, welche dies vehement bestreitet, oder besteht eine Verbindung zu klerikalen Kreisen, denen nicht nur die Kindsmorde, sondern auch die Beziehung von Marlena Rizzo zu den Freimaurern ein Dorn im Auge war? Immerhin soll an jenem fatalen Nachmittag auch ein Priester die Kapelle besucht haben. Die Aufklärung dieses Falles gibt der Polizei Rätsel auf und es ist fraglich, ob die Täterschaft je vollumfänglich ermittelt werden kann.

Giovanni Lorenzo Bernini wurde 1598 in Neapel geboren und verstarb 1680 kurz vor seinem 82sten Geburtstag in Rom. Er war einer der bedeutendsten italienischen Bildhauer und Architekten des Barocks. Seine Auftraggeber waren Päpste und Kardinäle und seine Werke prägen bis zur heutigen Zeit das Stadtbild von Rom.

Elsbeth Wiederkehr

Komplott in Palermo
Halluzinationen

Zwei Kriminalgeschichten

100 Seiten, Broschiert
Landtwing Verlag
ISBN 9783038080213

In *Komplott in Palermo* trifft sich eine internationale Schar von Archäologen und Juristen im Klostergebäude der Bruderschaft des heiligen Filippo Neri in Palermo. Krimineller Antikenhandel und archäologische Forschung sind die Themen des Kongresses. Eine Statuette verschwindet, ein Geheimgang verbindet das Museum mit der Kirche des Heiligen Ignatius und ein junger Archäologe wird umgebracht.

Halluzinationen zeigt Machenschaften und interne Machtkämpfe in einer Stiftung zur Förderung von kulturellem Austausch. Stiftungsräte missbrauchen die Institution für ihre persönlichen Interessen. Ein neues Mitglied kommt hinzu und lässt durch seine Skrupellosigkeit die Situation eskalieren. Ein Stiftungsrat schmiedet Rache auf Stromboli und wird dabei von seiner Vergangenheit eingeholt.

Elsbeth Wiederkehr

Bridgereise

Kriminalroman

174 Seiten
tredition
ISBN 9783743943506

In einem Mix aus Krimi und Historie verbringen Bridgespieler aus halb Europa gemeinsam ihre Ferien in einer alten Villa zwischen Mosel und Hunsrück. Auf dem ehemaligen Herrenhaus lastet eine düstere Vergangenheit, die Atmosphäre ist unheimlich und skurril. Die einsame Gegend bietet wenig Abwechslung und das trübe, neblige Wetter schlägt aufs Gemüt. Entsprechend angespannt ist die Stimmung, in der die ehrgeizigen Individualisten zum anspruchsvollen Kartenspiel antreten. Einer der Spieler dringt in das Labyrinth vergangener Ereignisse ein und versucht, die fatalen Verstrickungen zu entwirren. Als eine Bridgespielerin eines unnatürlichen Todes stirbt, manifestiert sich die Macht der Vergangenheit vollends.

FSC
www.fsc.org

MIX

Papier | Fördert
gute Waldnutzung

FSC® C083411

Zeitfracht Medien GmbH
Ferdinand-Jühlke-Straße 7
99095 Erfurt, Deutschland
produktsicherheit@kolibri360.de